林マサ子

タクちゃんちの
ペット騒《そう》動《どう》

文芸社

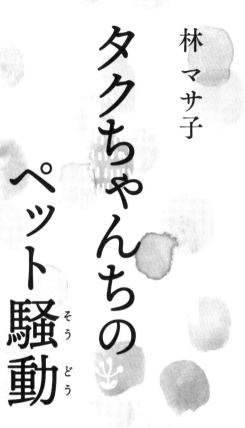

もくじ

本文挿絵　おとまる　みち

第一話　こんにちは、ヘルマン

1

学校から帰ったらカメがいた。

昨日のやつだなーとタクは思った。

浅草《あさくさ》生まれのタクのおじいちゃんジッチャは、祭りと聞くとじっとしてはいられなくなる。

今年は町内の諏訪《すわ》神社の本祭りということもあり、店のほうはバッチャにまかせっきりで走り回っている。

「実行委員押《お》しつけられてよう、忙《いそが》しいのなんのって」

いつもは店のお酒のマークの入った印ばんてんを着ているのに、昨日からはお諏訪《すわ》様《さま》の祭りばんてん。頭には豆しぼりの手拭《てぬぐ》いをきりりと巻《ま》いて、孫のタクから見ても、かっこいいジッチャに変身しているのだ。

山車《だし》が出て子どもみこしが出て、いよいよ大人みこしが練り始めると、ジッチャの出番になる。

ピッピッピーッと笛を鳴らして先導《せんどう》する身のこなしは、きびきびしていて、やっぱりかっこいい。

お旅所で一服しているところをのぞくと、

「おっ、来たか。待ってたぞ」

と、二人で屋台の焼きそば屋さんへ向かい、二パック買ってくれた。

境内《けいだい》はとりどりの屋台でにぎわっていた。

「だんなぁ」

金魚屋さんのお兄さんが呼《よ》びかけてくる。

「どうだい、景気は」

「おかげさんで、天気がいいもんで。ところでだんなぁ、こいつなんですがねえ」

金魚屋さんの足元に青いおけが置いてあり、小さなカメが一匹《いっぴき》のそのそ動いていた。

「だんなぁ、いいじゃないですか。おとなしいやつですからさあ。かわいがってやってくださいよう」

「でもなあ。あいつがうるさいからなあ」

二人の話はなかなか終わりそうもないし、焼きそばは冷めてしまいそうだし、タクは走って家に帰ってきてしまった。

「だからさあ、あんたはおっちょこちょいなのよ。イヌとかネコは飼《か》ったことあるけどさあ、カメなんて飼《か》ったことないし。いったいカメって、なに食べてんのよ。それにさあ、いったいどこで、どう飼《か》えばいいのよう」

バッチャは怒《いか》りで爆発《ばくはつ》している。

「まあまあ、まあ」

と言いつつ、ジッチャはいつもバッチャに押《お》しつけているのだ。

廊下《ろうか》でのそのそしていたカメを見ていたバッチャが言った。

「あーら、意外とかわいいじゃん。こんな小さな頭で、なに考えてんのかしらねえ」

こうなったらバッチャの負けになる。仲良しの咲《さき》バアに電話して、カメの餌《えさ》などを聞いている。

さっそくやってきた咲《さき》バアの、

「キャットフードでもドッグフードでも、この子が食べたいほうを食べさせときゃ、いいんじゃない」

これまたアバウトな返事。

「でもねえ、この子って、ミドリガメだからねえ」

咲《さき》バアが心配そうに言った。

ミドリガメはバイキンの巣であって、のそのそ歩きながら、そこらじゅうにバイキンをまき散らしているというのだ。

さあ、大変。

かわいい孫のタクに、バイキンが取りついたら大変だ。なんとかバイキンを退治《たいじ》せねばならない。

「よーし」

バッチャは、ビニールの手袋《てぶくろ》をし、除菌《じょきん》の洗剤《せんざい》をつけたスポンジで、ミドリのやつを洗《あら》った。ミドリは、うれしいんだか、くすぐったいんだかわからないが、けんめいに手足を動かし、なんとかこの状況《じょうきょう》から脱出《だっしゅつ》しようとする。

「よーし。一丁できあがり。世界のうちでおまえほど、清潔《せいけつ》なミドリガメはいないよ」

ぽいっと廊下《ろうか》に置かれたカメは、疲《つか》れちゃったのか、置かれたまんまでのびていた。

毎日毎日、洗われたカメは疲《つか》れはて、せっせせっせと洗《あら》っているバッチャも、ほと疲《つか》れはててしまったのを、見かねたのが咲《さき》バア。

「よこしな」

と言って、連れていってしまった。

角の八百屋《やおや》さんの安さんが、ミドリガメを飼《か》っているので、引き取ってくれるよう頼《たの》んできてくれたのだ。

ミドリガメ騒動《そうどう》は、こうして一件《いっけん》落着したのだった。

2

バスタオルをかかえて、ジッチャが町内会の会合から帰ってきた。

「かわいいだろう?」

かなり酔《よ》っぱらったジッチャがバスタオルを広げると、なんと小さなワニがあらわれた。

のぞきこんでいたバッチャもタクも、パパもママも、ギャッとのけぞった。

「大丈夫《だいじょうぶ》。これ以上大きくならないと、あいつが保証《ほしょう》するもんだからよう」

あいつとは、ジッチャの大の親友・源《げん》ジイのことだ。なんでも、今は体長一七センチだけれど、これ以上大きくならない種類だという保証《ほしょう》つきのワニだった。

けれど、ワニはワニだ。

「やっぱ、まずいんじゃないの」

とパパが言うけれど、

「いんやあ、男の約束だ」

ジッチャは腕《うで》組みしたまんま、みんなをにらんでいる。ともかく逃《に》げたら大変。去年まで飼《か》っていた熱帯魚の水槽《すいそう》に、少しだけ水を入れワニの家とした。

ワニはぬぬぬぬーと首をもたげ、ふきげんそうな顔であたりを見回している。タクと目が合ったとたん、ピシャッと音をたて、しっぽで水をたたいた。

やっぱりワニはワニだ。ミドリガメとはちがう。

それにワニは肉食だ。とり肉やら魚のあらやらを細かく切って食べさせなければならない。バッチャの仕事がまたふえた。

バッチャはぶっちょうづらで餌《えさ》をやり、ワニもおいしいんだかまずいんだか、やっぱりぶっちょうづらで食べている。

困《こま》ったことになった。バッチャの餌《えさ》がよかったのか、ワニのやつが日に日に大きくなってくるのだ。一七センチより大きくならないはずが、とうとう六〇センチとなり、水槽《すいそう》いっぱいにのさばっている。

十月になってからだった。リニが急に元気がなくなってきた。ワニは南の国の生き物だから、寒がりなのだそうだ。

バッチャが、ワニ用の暖房電球《だんぼう》を買ってきた。暖《あたた》かくなったせいか、ワニは少しずつ体をゆするようになった。

「よかったねえ」

バッチャは水槽《すいそう》のガラス越《ご》しに、ワニの頭をなで、タクもまねしてなでた。

ワニも、うれしかったのだろうか、ピシャッとしっぽで水をたたいていた。


タクにいとこができた。

パパの妹の花ちゃん、つまり花オバちゃんに、子どもが生まれたのだ。

三日後には退院《たいいん》して、実家であるこの家に一カ月の間いることになった。

病院に行ってきたパパとママは、

「花ちゃんに似《に》て、美人ねえ」

スマホで撮《と》ってきた写真を見せてくれるのだけれど、生まれたばかりの赤《あか》ん坊《ぼう》が、タクにはとても美人には見えなかった。

とつぜん、バッチャが悲鳴を上げた。

「やだよう。あの子は肉食だから、赤《あか》ん坊《ぼう》に食いついたりするんじゃないかい」

「だから、まずいんじゃないかと言ったじゃないか」

パパが声をあらげて言った。

「まあまあ、まあ。花ちゃんが退院《たいいん》してくるまでに、なんとかしましょうよ」

ママがなだめて、対策《たいさく》を考えることになった。とりあえず水槽《すいそう》をベランダに出す。

室内より寒いだろうから、暖房《だんぼう》用の電球をもう一つ買ってくるということになった。

とつぜんの引《ひ》っ越《こ》しにワニは驚《おどろ》いて、ピシャピシャといくども水をたたいていた。


次の日は日曜日だった。

悲鳴が聞こえた。ベランダに洗濯物《せんたくもの》を干《ほ》しにいったママの声だった。

ワニがびくとも動かないのだ。

「冷たくなってる」

ジッチャが言った。

「ワニって、もともと冷たいんじゃない？」

タクが言うと、

「いんやあ、冷たすぎる」

ワニのおなかをさすりながらジッチャが言ったとき、タクはどきっとした。暖房《だんぼう》用の電球がみんな消えていたからだ。

電球用のコードが、コンセントからはずれていたのだ。だれかがコードにつまずいて、抜《ぬ》けてしまったのかもしれない。

「かわいそうにねえ。寒かったろうにねえ」

バッチャがおろおろしていると、ジッチャはバスタオルでワニをくるむやいなや、

「医者だ」

パジャマのまんま走り出した。

「タク。これ持って追いかけてちょうだい。内田さんとこ」

ジッチャのジャンパーを持って、タクは町外れの内田イヌネコ病院まで全力疾走《しっそう》した。

「やだよ、やだよ、元気になっておくれー」と言いながら。

日曜日なのに、病院を開けてくれた。内田先生は、診察台《しんさつだい》にのびているワニの胸《むね》に、聴診器《ちょうしんき》をあてながら、

「早く気がついてよかったですね。肺炎《はいえん》になりかかっていましたよ。薬を飲ませておきましょう」

若《わか》い獣医《じゅうい》さんは、あいつの口を無理やり開かせると、注射器《ちゅうしゃき》でのどの奥《おく》のほうへ薬を入れた。

タクは、いつもバッチャに言われているように、思わず言ってしまった。

「ごっくんするんだよ」と。

「八〇〇〇円になります」

会計のお姉さんに言われて、

「八〇〇〇円？」

と、ジッチャは目を丸くした。

「日曜日の特別診療《しんりょう》のうえに、抗生物質《こうせいぶっしつ》を使いましたので」

お姉さんは申しわけなさそうに言った。

会計が終わったジッチャは、バスタオルでワニをくるむと、仁王立《におうだ》ちになって言った。

「源《げん》のやつが悪いんだ。あいつに責任《せきにん》を取ってもらおう」

（源《げん》のやつが、大きくならないワニだと保証《ほしょう》するから、もらってやったんだ。それなのにこんなに大きくなってしまった。大きくならなければ、こいつをベランダになんか出さずにすんだんだ。こいつがかわいそうだ。なんの罪《つみ》もないのによう。肺炎《はいえん》なんて人間だって苦しいのに、さぞつらかったろうよ）

と、ジッチャはべそをかいた。

こうしてワニは無事に源《げん》ジイのところに帰ってしまったのだが、タクはなんだかさびしかった。

鼻の穴《あな》も目も耳も同じ高さで、いつも水面からあたりを見回している、ぶっちょうづらのあいつ。もしかしたらあいつは、さびしがり屋だったのかもしれないなと、タクも胸《むね》がキューンとした。

「あの子、どうしてるかねえ」

バッチャは、空《から》になった水槽《すいそう》を洗《あら》いながら、何度もひとりごとを言っている。

3

気になることがあった。

タクたちは学校から帰るとすぐに、近くのみどり公園に集まることになっていた。テッちゃんたちとサッカーのパスの練習をするためだった。

やるたびにうまくなっていく気がする。けれど五時すぎになると、必ず休憩《きゅうけい》タイムに突入《とつにゅう》しなければならなくなる。

あの子があらわれるからだった。

小四のタクたちが、少女なんて言葉を使うのは、似《に》つかわしくないことはわかっていた。けれど、あの子はまさに少女。しかも、とびっきりの美形の少女だった。

前髪《まえがみ》をまゆのあたりで真横に切りそろえ、あとはえりのところでぷっつりと切ったヘアスタイル。

細い首と細い手脚《てあし》、色白の小さな顔に落っこちそうな大きな目。

まるで日本人形のようだった。

少女は学校から帰ったところらしく、セーラー服のままで、ピンクの小さなポシェットだけをさげているのだった。

買物に出てきたふうではなかったが、なぜかピンクのポシェットに右の手がいつもふれている。よっぽど大切なものが入っているのにちがいない。

テッちゃんが言った。

「あの子さあ、あのマンションに住んでるんだ。あそこから出てくんの見たもん」

あのマンションとは、坂下の交差点のところに建ったおしゃれなマンションで、町の人たちは億ションなんて言っている。

約束したはずなのに、テッちゃんたちはいつまでたってもだれも来なかった。タクがリフティングしながら待っていると、あの少女があらわれた。

少女は、しばらくリフティングしているタクをながめていたが、とつぜん、

「見る?」

と言った。

美しい少女は声まで美しいものなのかと、タクは思った。

「見る？」

少女はまたそう言うと、ポシェットからなにやら取り出した。

少女の小さな手の平に乗った生き物――。それは、とても生きているものとは思えないしろものだった。

「ヒョウモントカゲモドキよ」

そいつは、黄色とオレンジ色が合わさったような、あざやかな色をしていた。

まるでペンキをぬったような、ぬめっとした肌《はだ》に、まさにヒョウ柄《がら》、ヒョウの背中《せなか》にある斑点《はんてん》のような、まっ黒な模様《もよう》がついていた。

「トカゲモドキって、ほんとはヤモリなの」

タクは思わずあとずさりした。

この美しい少女がペットにしているのが、このまっ黄っ黄にぬられた、ヒョウ柄《がら》の不気味なヤモリ――。

手の平にのっているような小さなやつとはいえ、ヤモリはヤモリだ。こんなやつをペットにしているなんて、この少女は、もしかしたら魔女《まじょ》なのかもしれない。こんなに美しいなんて、魔女《まじょ》の証拠《しょうこ》だったんだ。

ヒョウモントカゲモドキが、大きな目できろっと少女を見上げたとき、

「かわいいでしょう？　ときどきほっぺにキスしてくれるのよ」

「ええっー」

細くて長い舌《した》をへろへろさせているこいつに、キスされて喜《よろこ》ぶなんて——。

こいつはやっぱり、魔女《まじょ》だったんだあ。

その晩《ばん》、タクは夢《ゆめ》を見た。

ヒョウモンのやつが、あのワニみたいにどんどん大きくなっていく夢《ゆめ》だった。巨大《きょだい》になったヒョウモンが、赤い舌《した》をへろへろ伸《の》ばしタクを追っかけてくる夢《ゆめ》だった。

そして、魔女《まじょ》がけたたましい声で、笑っている夢《ゆめ》だった。

あれっきり少女はあらわれなかった。

テッちゃんの情報《じょうほう》によれば、九州に引《ひ》っ越《こ》していったらしい。

九州に行っても、

「見る?」

と言って、おどかしているのだろうか。

「ザンネン」

と、テッちゃんたちは言うが、タクはほっとしたのだった。

4

学校の帰りだった。

ジッチャのバイクが、新しくできたペット屋さんのまん前に止まっているのを発見。

「イヌとネコばかりじゃないか」

「いいえ、ブタとかウサギなんかもおりますんで。やっぱりお客さまは、哺乳《ほにゅう》動物のほうがお好きなようでして」

「そりゃあ、そうだ。うれしけりゃあ、尻尾をふってくれるほうが、かわいいにきまってるわな」

ペット屋さんとジッチャの話し声が聞こえた。

ビールの配達の帰りだというジッチャは、

「ちょっとちょっと、タク。こいつ、かわいくないか」

一カ月の間いた花ちゃんと赤《あか》ん坊《ぼう》の桃《もも》ちゃんが帰ってしまうと、ジッチャのペット熱が再発《さいはつ》したらしい。

ジッチャの言う「こいつ」がよくわからない。一〇センチくらいのボールを真横に半分に切ったようなやつが、ケースの中にちんまりと丸まっているのだ。

ちょちょっと手が出た。ちょちょっと足が出た。ちょちょっと首を伸《の》ばすと、なんとカメだった。ミドリガメとちがって、背中《せなか》の丸っこいやつだった。

ジッチャの手の平に乗るくらいのカメは、陸ガメで草食だという。

「お客さん。このカメはこれ以上、大きくならないやつなんですよ。大きくなってもですねえ、ハガキを一回り大きくしたくらいでしょうかねえ」

「大きくならないって、ほんとか」

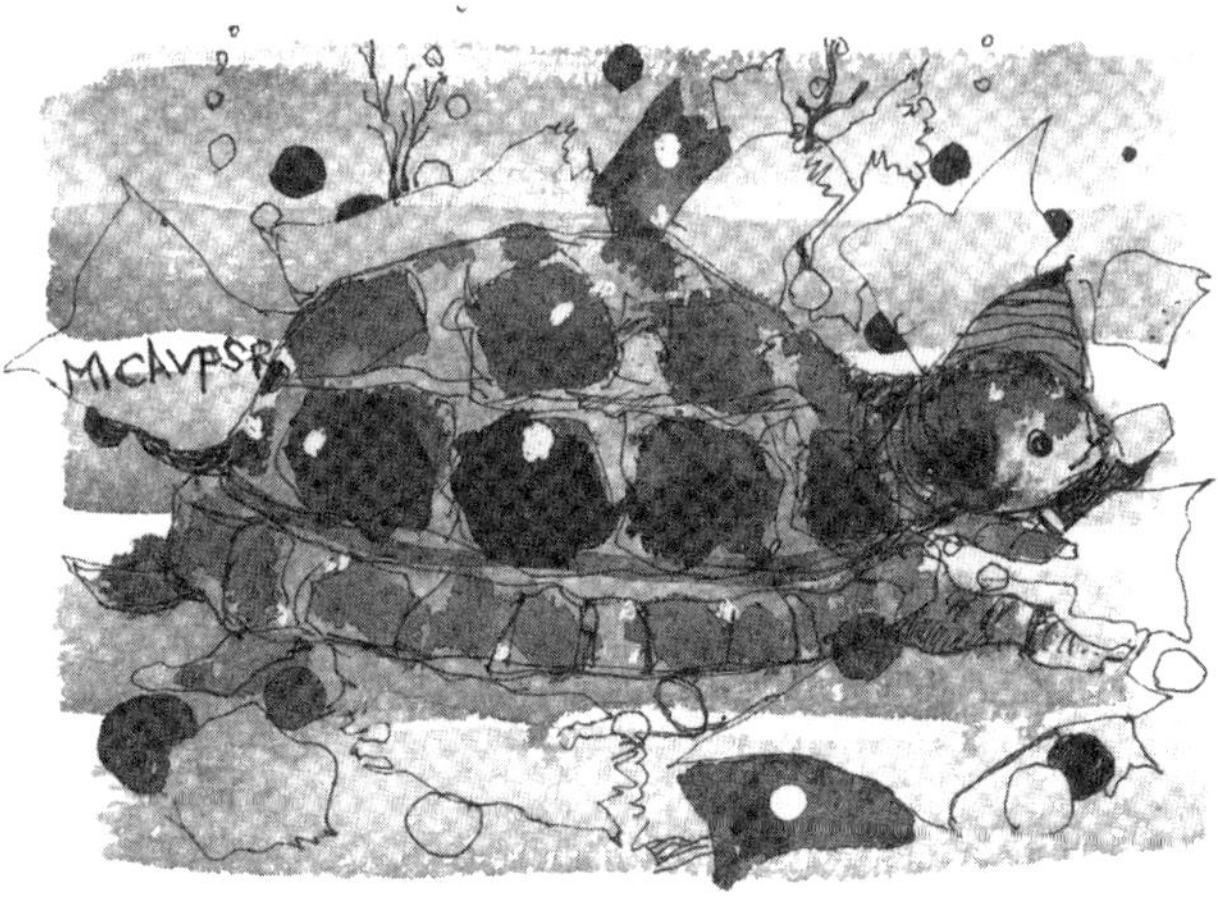

源《げん》ジイのワニでこりているジッチャは、
「ほんとに、ほんとかあ」
と、何度も念を押《お》している。

「だから言ったじゃないの。ぬいぐるみ屋さんのぬいぐるみと、ペット屋さんのペットには、さわっちゃだめなの。さわったら、もうこっちの負け。ゼッタイほしくなっちゃうんだから」

ジッチャとタクを並《なら》べて、バッチャのお説教が始まる。

「まあ、しゃあないかあ」

で、結局飼《か》うことになる。

「今度こそ、責任《せきにん》持って飼《か》ってちょうだい」

バッチャのきつい一言がプレッシャーになって、二人にのしかかってくる。

なにしろ陸ガメは、乾《かわ》いた草っ原に住んでいるカメなんだからと、空っぽの水槽《すいそう》に乾《かわ》いたタオルや新聞紙を何枚《なんまい》も敷《し》きつめた。

気に入ったらしく、カメはのそのそと動き回っている。

のぞきこんでいたバッチャが、

「あーら、ミドリちゃんとちがって、甲羅《こうら》がぽっこり盛《も》りあがってて、かわいいのねえ。なまいきに甲羅《こうら》はキッコウ模様《もよう》なんだねえ。キッコウ柄《がら》って、おめでたい柄《がら》なんだよ」

甲羅《こうら》をつつきながら言った。

とたんにカメは、ガリリッと新聞紙をひっかいた。

ワニとちがって草食なんだからと、小松菜の葉っぱの先っぽのやわらかそうなところを、みじん切りにして、バッチャが水槽《すいそう》に入れた。

すると、カメのやつは気に入らないらしくて、ぷいっと横を向いた。

タクは頭にきて、カメの甲羅《こうら》を人差し指でコンコンとノックしてやった。

とたんにカメは、ガリリッとまた新聞紙をひっかくのだった。気に入らないと、新聞紙にやつあたりするらしい。

「わっかりやすいやつだな」

と、ジッチャも甲羅《こうら》をつっついて言った。

タクはバッチャと、カメのペットフードを仕入れに、あのペット屋さんに行った。

「あの子、なんという種類のカメなの？　生まれはどこ？　どのくらい長生きするもんなの？　寒がりなのかしら？」

ジッチャとちがって、バッチャの質問《しつもん》は細かい。困《こま》ったことに、ペット屋さんはろくに答えることができないのだ。

「あんた、勉強不足なんじゃない？　ペットショップなんだから、もっと勉強しなさいよ」

イヌネコブタウサギ専門店《せんもんてん》みたいなペット屋さんは、頭をかきながらぺこぺこしている。

結局、ヘルマンという地方で生まれた陸ガメで、女の子だか男の子だかも不明だということがわかった。

ペット屋さんのすすめてくれたカメ専用《せんよう》のペットフードが気に入ったのか、おなかがすいていたのか、カメのやつはぽりぽりと食べ始めた。

おなかがいっぱいになったのか、カメは、どんなにつついてもまん丸くなったまま、びくともしない。

「ミドリガメがミドリちゃんなら、こっちはヘルマンちゃんかあ」

ジッチャが言ったので、こいつにはヘルマンちゃんという、りっぱな名前がついた。

二、三日たったころ、ヘルマンのやつが餌《えさ》も食べず元気がない。
首を傾《かし》げながらジッチャとタクが、あの内田イヌネコ病院に連れていった。

獣医《じゅうい》さんは、ヘルマンのおなかをさすり、

「便秘《べんぴ》ですね」

と、こともなげに言った。

「便秘《べんぴ》？」

「そうです。陸ガメは草食ですから腸《ちょう》が長いんですよ。気をつけてやらないと、すぐに便秘《べんぴ》するんです」

お風呂《ふろ》に入れてやると、緊張《きんちょう》がとけてよく便を出しますと、下剤《げざい》を調合しながらアドバイスしてくれた。

「八〇〇〇円です」

会計のお姉さんが、また申しわけなさそうに言った。

「初診料《しょしんりょう》とお薬とで、です」

ジッチャは手の平のヘルマンをつっつきながら、

「かんべんしてよ。飲み代が少なくなっちゃうからよう」

と、ぼやいた。

家に戻《もど》ると、さっそくヘルマンのお風呂《ふろ》を準備した。

洗面器《せんめんき》にお湯をはり、ヘルマンを入れて三分。ポコッと便が出た。しばらくして、ポコポコポコッと七つぶの便が出て終わった。

「湯あたりしたんじゃないの」

廊下《ろうか》でのびているヘルマンを見ながら、バッチャが言った。

「いんやあ、腹《はら》が減《へ》ってるんじゃないか」

ジッチャが言うので、タクは大急ぎで餌《えさ》をやった。ヘルマンは待ってましたとばかりに食べ始めた。

「ゲンキンなやつだなあ」

みんなが笑うのだが、ますますがっついて食べている。

「ヘルマンのやつ、男の子なんだってさ。医者が教えてくれたぞ」

ジッチャがそう言ったとたん、ヘルマンのやつが、いたずらな男の子に見えてくるから不思議だ。


一週間たったろうか。またヘルマンが元気がない。

ジッチャとタクが、イヌネコ病院に連れていくと、

「回虫がいるのかもしれません」

と言って虫下しをくれた。虫下しは、二回飲ませなければ駆除《くじょ》できないのだそうで、

一週間後にはまた来なければならない。

「二六〇〇円です」

会計のお姉さんが言った。そして、

「次回は一三〇〇円になります」

と、ジッチャを安心させるように言った。


「ペットフードばっかしじゃなくってさ、ちょっとは葉っぱも食べなくっちゃ」

バッチャはバッチャで心配して、大根の葉っぱを刻《きざ》んで、ちょっとだけカメフードに混《ま》ぜた。するとあいつは、上目づかいにあたりを見回すと、ぷいっと餌《えさ》から離《はな》れた。

「なっまいきなやつ」

そう言いながらも、バッチャはもっと細かく切った葉っぱを、ほんの少し混《ま》ぜた。するとヘルマンのやつは、ちょちょっとかき回し、食ってやるかあという顔で食べ始める。

「いやなら、食べなくたっていいのよ」

頭にきたバッチャが言うのだが、ヘルマンのやつは、しれっとした顔で食べている。

ワニの使っていた暖房《だんぼう》電球を入れたり、毎日洗面器《せんめんき》でポコッとさせねばならないし、なにかと世話のやけるやつだが、あいつがいると家の中が明るくなるような気がする。

そして、あいつが今度何をやらかすか、タクにとっては楽しみでもあるのだ。

そんなある日、花ちゃんが桃《もも》ちゃんを連れて遊びにきた。

ピンクのベビー服を着た桃《もも》ちゃんは、ヘルマンが大のお気に入りで、「メーメー」と言っては、よだれをたらしている。

ワニとちがって、ヘルマンなら食いつかれるおそれもないし、平和っていうもんだ。

花ちゃんと桃《もも》ちゃんが帰ってしまうと、あいつは手も足も首も引っこめ、丸まってしまう。あいつなりに、気をつかっていたのか。

テッちゃんが新しい情報《じょうほう》をくれた。

テレビで、陸ガメ同士《どうし》が戦うシーンがあったそうだ。ひっくり返されたほうが負け。丸い甲羅《こうら》のせいで、もう元にはもどれない。一巻《いっかん》の終わりなのだという。

よーし、と思うのだが、バッチャが、

「ヘルマンちゃんを、いじめるんじゃないのよ」

と言うから、しばらくおあずけだ。

夕方になった。ポコッの準備《じゅんび》をしなければならない。タクもなにかと忙《いそが》しい。

サッカーの練習をしに、公園に向かっているときだった。

赤い自転車とすれちがった。

「イヌネコの先生じゃない？」

テッちゃんが言うのでふり向くと、内田先生だった。先生も自転車を止めて、

「おっ、元気かい」

と言った。

タクが元気なのは見ればわかる。きっとヘルマンのことにちがいない。

「健康診断《しんだん》してあげるから、連れておいで」

そう言うと、先生は、赤い自転車を軽やかにこいで行ってしまった。

タクの話を聞いたバッチャはさっそくヘルマンをタオルでくるむと、タクのリュッ

クに入れてくれた。

ヘルマンにとって、四度目の病院。診察台《しんさつだい》の上でちろっちろっと先生を見ている。

先生は、長い指で甲羅《こうら》をなでながら、

「いい色の甲羅《こうら》をしてるね。栄養がいい証拠《しょうこ》だよ。ちょっとでも食べ物が悪いと、甲羅《こうら》のつやがなくなっちゃうんだ」

と言った。ひどくなると、甲羅《こうら》がひびわれたりしちゃうらしい。

先生はあいつをくるんとひっくり返すと、

「餌《えさ》のやりすぎにも注意してね。太りすぎると、手も足も首も甲羅《こうら》につっかえて、出しづらくなっちゃうんだよ」

と言った。

タクがまじめに聞いているのに、ヘルマンのやつは手や足をのそのそ出しては、元気さをアピールしている。

「週に一回くらい、絶食《ぜっしょく》させるのもいいでしょう」

ええっ、食いしんぼうのこいつに、たえられるだろうか。

「運動不足も、肥満児《ひまんじ》になる原因《げんいん》です」

おしっこもらし防止用《ぼうしよう》に、赤ちゃんのおむつのようにティッシュを重ね、セロハンテープで固定して、部屋で散歩させる方法も教えてくれた。

「健康診断《しんだん》なので、お代はいりません」

会計のお姉さんは、にっこり笑って言った。


江戸《えど》っ子のバッチャは、やることが早い。すぐにティッシュとセロハンテープで、ヘルマンにおむつをしてくれた。

手足をばたつかせて抵抗《ていこう》していたが、廊下《ろうか》にほいっと置いてやると、（?）の顔であたりを見まわす。危険《きけん》じゃないと察知すると、ちょちょっと歩いた。さらにちょちょっとやって、それから一気に突進《とっしん》。

あいつにとって、おむつをしているなんてとても許《ゆる》せない姿《すがた》であろうに、歩けるという自由はなんとも快適《かいてき》らしい。

「あらっ、あんたって意外と早足なのね」

バッチャが目を丸くしたが、タクにとってても大発見だった。

世界のうちでおまえほど歩みののろいものはない、なんて歌われてきたはずなのに、あいつは小さな体で水をかくように、すばしっこく廊下《ろうか》を歩くのだ。

イノシシみたいなやつで、突進《とっしん》してはダンボールにぶつかる。よけるという考えは、この小さな頭にはないらしい。あくまで突進《とっしん》しようと手足をばたつかせるのだ。タクが向きを変えてやると、また突進《とっしん》する。

はじめて水槽《すいそう》から解放《かいほう》されたヘルマンは、うれしくってしかたがないのだ。

こんなに元気に歩くんじゃ、肥満児《ひまんじ》なんかになりっこないと、タクは安心した。

狭《せま》いところに入るのが好きなのだろうか。ダンボールとダンボールのすき間に入ったまま、出てこない。ダンボールを動かすと、なんとあいつは寝込《ねこ》んでしまっていた。

ティッシュをはずして水槽《すいそう》に入れてやるのだが、いっこうに起きる気配がない。そうとう疲《つか》れてしまったのか。

「セロハンテープのあとをよく拭《ふ》いてやるのよ。甲羅《こうら》がかぶれたら、かわいそうだからね」

バッチャが言うけれど、自慢《じまん》の甲羅《こうら》がかぶれたら、どうなっちゃうんだろう。宿題をやってから様子を見にいくと、あいつがしきりに暴《あば》れている。敷《し》いてある新聞紙を食いちぎっているのだ。

大変だ大変だ。おなかがすいた信号を出している。

イヌネコ病院に行ったり、廊下《ろうか》を早歩きしたり、ダンボールと格闘《かくとう》したりしたんだもんなー。

いつもよりがっついて食べ、またたく間に完食。

次の日、朝の餌《えさ》をやらずに登校した。週一回の断食《だんじき》を決行したのだ。

サッカーの練習をさぼって帰ってみると、水槽《すいそう》は食いちぎられた新聞紙でゴミ箱状態《じょうたい》。ゴミの真下であいつは、うらめしそうにタクを見上げた。

「ごめんよう」

やっとありついた餌《えさ》を、うまそうに食べているあいつを見ながら、タクは涙《なみだ》が出そうになった。

「断食《だんじき》なんか、無理無理。しっかり食べさせて、しっかり運動させてやるのが、育ちざかりのこの子にとっては一番」

バッチャも、ぽたぽた涙《なみだ》を流していた。

5

だんご屋さんのおばさんが死んだ。心臓《しんぞう》が悪かったらしい。おじさんは三日三晩《みっかみばん》泣きあかして、千葉の娘《むすめ》の家に引《ひ》っ越《こ》してしまった。

「もう年だから」といつも言っていた美容院《びよういん》のおばさんが、とうとう引退《いんたい》してしまった。

年だからといえば、文房具屋《ぶんぼうぐや》さんも天ぷら屋さんもだった。

そのたびに、ジッチャたちの会合が多くなる。シャッターの下りたままの店を作らないということが、町会にとって大切だったからだ。

商店街がさびれないように、不動産屋さんといっしょになって借り手を探《さが》し、少しでも早く店を開くようにしてもらうのが、ジッチャたちの目標だった。

だんご屋さんのあとに漬物屋《つけものや》さんが、美容院《びよういん》のあとに喫茶店《きっさてん》が、文房具屋《ぶんぼうぐや》さんのあとに芋菓子屋《いもがしや》さんが、てんぷら屋さんのあとにコロッケ屋さんが、なんとか開店することができた。

レンガ造《づく》りのおしゃれな喫茶店《きっさてん》ピリカのおじさんが、交通事故《じこ》にあい、山梨《やまなし》のリハビリ病院に入院してしまった。店が大きかったせいか、なかなか借り手が見つからずにいたのだが、

「よかったよかった。やっと決まったよ」

会合から帰ったジッチャはかなりごきげんで、酔《よ》っぱらっていた。

「何屋さん？」

「ベッコウとか言ってた。明日開店だって」

と言いながら寝《ね》てしまった。

「ベッコウって、飴屋《あめや》さんかねえ」

バッチャが言っていたけど、あんな大きな店でベッコウ飴《あめ》作るなんて、きっと飴専《あめせん》

門店《もんてん》なのかもしれないと、タクはわくわくした。

タクがテッちゃんと見にいくと、飴《あめ》のにおいがまったくしていない。客が大人ばかりなのもおかしい。

「いらっしゃいませ」

青いスーツを着た店員がドアを開けた。

「あのう、ベッコウ飴屋《あめや》さんじゃないの？」

大人たちがいっせいに笑った。

ピリカのときとちがって、照明がまぶしいほど明るくなっていた。絵や写真の額《がく》はすっかり取りはずされて、壁《かべ》ぎわにはガラスのショーケースが、ずらりと並《なら》んでいる。

作業台のようなところに、平らな小さな板がたくさん並《なら》べてあった。

「ベッコウって、カメの甲羅《こうら》なんですよ。ベッコウ飴《あめ》みたいに、つやつやしてますでしょう。黒みがかった濃《こ》い色のものから、こんなに淡《あわ》い色のもあるんですよ」

カメの甲羅《こうら》って聞いたとたん、タクの顔はひきつった。

「これなんか、特にいい色つやしてますでしょう。若《わか》いカメの甲羅《こうら》なんでして」

ヘルマンの甲羅《こうら》も、いい色つやなんて言われそうだ。手足がじいんと冷たくなった。

「メガネのふちとか耳かきとか人の肌《はだ》にふれるものは、やっぱりプラスチックや金属《きんぞく》でなく、自然界にいる生き物の細工が、肌《はだ》ざわりがやさしくって、みなさまに人気なんです。女性《じょせい》の方のペンダントとかもでして……」

店員は、うっとりと薄茶色《うすちゃいろ》の板をなでた。あれっ、イヌネコの先生と同じ手つき。

「帰る」

タクは脱兎《だっと》のごとく走った。

ベッコウ飴屋《あめや》さんどころか、ヘルマンの憎《にく》きかたき、悪魔《あくま》の店だったのだ。

「待ってよ、待ってたら」

テッちゃんが追いかけてくるのだが、悪魔《あくま》が長い指先でヘルマンの甲羅《こうら》をなでにくる。一刻《いっこく》も早く、あいつを守ってやらなくっちゃと、タクは夢中《むちゅう》になって走った。

あいつは、のんきな顔して居眠《いねむ》りしていた。

タクはへたりこんだまま、しばらく動くことができなかった。

なにやら店先がさわがしい。うららママが来ているにちがいない。

「花屋キューピット」には、うららという犬がいる。それで花屋さんのおばさんは、うららママと呼《よ》ばれているのだ。けれど、うららはおとなしい小型犬《こがたけん》なのに、うららママは、そうとうにうるさい。

キャンキャンキャンキャンと、まるで犬のようにしゃべるので、商店街のどこにいるのかすぐにわかる。

色の白い太った体に、花に負けないくらいひらひらのブラウスを着て、イヤリングやネックレスやブレスレットで飾《かざ》りたてている。

陰《かげ》でジッチャが、満艦飾《まんかんしょく》とあだなをつけているおばさんだ。

ヘルマンを手にのせて、店をのぞくと、

「あーら、これがうわさのカメちゃん？」

と、ヘルマンの甲羅《こうら》をなでなでした。

「あーら、いい甲羅《こうら》ねえ」

大変だあ。この目つきこの手つき。ベッコウ屋さんの青いスーツの人と同じだあー。人さらいがいるっていうけれど、あれは絶対《ぜったい》、カメさらいの手つきだあー。ヘルマンの水槽《すいそう》にカギをかけなくっちゃ。

6

公園に行く近道を、みんなで歩いているときだった。自転車に乗ったおまわりさんとすれちがった。

「あっ、三丁目のおまわりさんだ」

拾ったカギを届《とど》けたり、迷子《まいご》のおじいさんを連れていったり、タクたちはけっこう三丁目のおまわりさんにはなじみがあった。

自転車を止めると、おまわりさんは言った。

「きみたち、不忍池《しのばずのいけ》のほうに遊びにいったりする?」

「行くにきまってるじゃん。自転車で十五分もかからないもん」

テッちゃんが答えた。

「このごろ、カミツキガメの被害《ひがい》が多発しております。気をつけてください」

「大丈夫《だいじょうぶ》だよ。ぼくたち池に入らないし」

「ちがうのであります。カミツキガメは水中に生息してるんじゃなくて、陸ガメなんです。草むらにかくれていて、ボールなんか取りにいったとき、がぶりっとかみつくんだそうです」

「わあっ、痛《いた》そう。それって、もしかしてワニガメのこと?」

おまわりさんは手帳を出すと、

「ワニガメはまだ不忍池《しのばずのいけ》では確認《かくにん》されておりませんが、渋谷《しぶや》で一匹《いっぴき》捕獲《ほかく》されております。ワニガメは大型《おおがた》のカメでして、かむ力は半端《はんぱ》じゃない破壊力《はかいりょく》を持っております。三五〇キロもあるそうです。脚《あし》の骨《ほね》を食いちぎられそうになった男性《だんせい》もおります」

「カミツキガメって、それほどでもないんでしょう?」

「それがですねえ」

おまわりさんは手帳のページをめくった。

「すごい繁殖力《はんしょくりょく》なのだそうで、全国に数千から数万はいるといわれています。今年すでに印旛沼《いんばぬま》で二四六匹も捕獲《ほかく》されました。日本には本来いなかった外来種なんですがねえ」

「おっかしいなあ。もともと日本にいなかったカメなんでしょう？」

「身勝手な人間のせいです」

ポケットに手帳をしまいながらおまわりさんは、みんなの顔を見回して言った。

「かわいいって、ペット屋さんで買ってはみたものの、大きくなって手におえなくなったり、引《ひ》っ越《こ》しのとき邪魔《じゃま》になって、捨《す》てていった飼《か》い主《ぬし》のせいです。カミツキガメもワニガメも、そうした人間の身勝手さのせいで、路頭に迷《まよ》ってしまったわけです。ペットを飼《か》っている人には、責任《せきにん》を持って飼《か》ってもらいたいと、強く思っているのであります」

みんなは、いっせいにタクを見た。

「やめてよ。ぼくがヘルマンを捨《す》てるわけがないじゃん」

タクは、みんなをにらみつけて言った。

「あいつは草食で、ペットフードと菜っ葉しか食べられないんだ。家の中をうろうろしているだけで、外に出たこともない。もし出たらすぐにカラスの餌食《えじき》になっちゃうよ。ぼくが守ってやらなくっちゃ、生きていけないやつなんだ」

みんなはびっくりして、タクを見つめた。

おじいちゃん子おばあちゃん子のタクちゃんは、すっごい弱虫で、いつもみんなのあとから、ちょこちょこくっついてくるような子だったのに——。

だいいち、タクちゃんがみんなの前であんなに大きな声でしゃべったりするの、見たことがない。どうしちゃったんだろう、タクちゃん——。

タクはタクで思った。

なんであいつのために、こんなに真剣《しんけん》にしゃべっているんだろう、と。

しゃべりながらタクは、ヘルマンのやつがとても大切なものに思えてきた。いとおしいとは、こういう心なのだろうか。自分が守ってやらなくっちゃならないのだと思うと、勇気さえわいてくるのだった。

「よーし、公園までダッシュだあ」

テッちゃんの声で、みんないっせいに走った。タクはいつもよりずっと速く走った。テッちゃんに負けないくらい速く走った。

走りながら思った。

ジッチャは、ほんとにペットが好きだったのかな。

パパの勤《つと》めている会社も、ママの勤《つと》めているお店も忙《いそが》しくって、いつも帰りが遅《おそ》くなった。それでジッチャは、一人っ子のタクのためにペットを飼《か》ってくれたんだ、きっと。

「気をつけてくださいよ」

角を曲がろうとしたとき、またおまわりさんの声がした。

第二話　ヘルマン、はじめての夏休み

1

もうすぐ夏休みになるというころのことだ。

ドアを開けると、カサッと小さな音がした。

ヘルマンが水槽《すいそう》のガラスに寄《よ》ってきて、タクを見ている。

「無理無理。これからサッカーの練習があるんだ」

ヘルマンは、ガラスにぺたっとほっぺたをくっつけて、じいっとタクを見ている。

「水槽《すいそう》から出たくて、一日中待ってたんだもんな」

でも、テッちゃんたちと約束しちゃったんだもん、無理無理。

二階の部屋にランドセルを置きにいきながら、ヘルマンのせつなそうな目が気にかかった。

ジャージに着替《きが》えている間だけでも出してやろうかなと、ふと思った。

廊下《ろうか》に出してやると、うれしそうに全力疾走《しっそう》。あいかわらず突進《とっしん》しては、ばあんとはね返されている。

着替《きが》え終わって廊下《ろうか》に出てみると、ヘルマンがいない。洗面台《せんめんだい》の下にもぐりこんでいるのだろう。

洗面台《せんめんだい》の下には狭《せま》いすき間があって、じめっと暗い奥《おく》のほうが、ヘルマンの気に入りの場所なのだ。

「ヘルマン、またあとでな」

タクが何度呼《よ》んでも、ヘルマンは出てこない。何の物音もしないのだ。

たった二メートルしかない廊下《ろうか》で、隠《かく》れるところはここだけなのに。

「ヘルマン、ヘルマン」

思いっきり呼《よ》んでも、こそっともしないのだ。

「やだよう。どこへ行っちゃったんだよう」

ジッチャとバッチャが、店からとんできた。

「あのね、ヘルマンがね……」

くちびるがふるえ涙《なみだ》がどっと出た。

バッチャの前で泣くなんてと思うのだけれど、あとからあとから涙《なみだ》が出てくる。

ジッチャが、懐中電灯《かいちゅうでんとう》で洗面台《せんめんだい》の下をのぞいた。

「あっ、こいつ…」

「えっ、いるの？　いたんだあ」

「甲羅《こうら》がつっかえて、動けないらしい。

下敷《したじ》きかファイル、それと、はたき持ってきて」

ふるえる足で二階にかけ上がり、下敷《したじ》きとはたきを持ってかけ下りた。

「毎日見てると、少しずつ大きくなってるのに、気づかないもんなんだな。ヘルマンだって、自分が大きくなっているなんて、気がついていないだろうし」

がむしゃらにもぐりこんでいたすき間に、とうとう丸い背中《せなか》がつっかかり、身動きできずにいたらしい。

ジッチャは廊下《ろうか》に腹《はら》ばいになると、ヘルマンの背中《せなか》に下敷《したじ》きをすべりこませ、はたきで少しずつ少しずつ引き寄《よ》せている。

ヘルマンを傷《きず》つけないように、ゆっくりと。

「あっ」

やっとあらわれたヘルマンは、くたっとのびたままだった。

「ショックだったんだな。体、さすってやって」

ありがとう。ジッチャはヘルマンの恩人《おんじん》です。

のどの奥《おく》がまたひくっとし、涙《なみだ》がにじみ出た。

困《こま》った。迎《むか》えにきたテッちゃんの声が店先でしている。

「ちょっと熱があるみたいなの。ごめんよう。今日は休ませてね」

よかったあ。こんな顔じゃ、みんなの前に出られないよう。バッチャ、ありがとう。

ひくっと、またのどが鳴った。

「ヘルマン救出《きゅうしゅつ》、おめでとう。ホットミルクで、乾杯《かんぱい》しようかねえ」

バッチャの、砂糖《さとう》たっぷりのホットミルクは、タクの大好物。ほかほか温かくなってきたら、どっと疲《つか》れが出た。ヘルマンもショックだったろうけど、こっちだってと思ったら、とたんにまたのどがひくっとした。

「さあさ、ジャージ脱《ぬ》いで少し横になったら」

赤《あか》ん坊《ぼう》みたいじゃんと思うけれど、とろとろと眠《ねむ》くなってきた。

ジッチャとバッチャの声がする。

「あんなに泣いたのは、浅草《あさくさ》で迷子《まいご》になって以来じゃないか」

「雷門《かみなりもん》の交番で、あんな声で泣いてましたねえ」

やだやだ。保育園《ほいくえん》のパンダ組のころの話じゃんか。やだやだと思いつつ、タクはすこんと寝入《ねい》ってしまった。

目が覚めたらカレーのにおいがしていた。

「大変大変、こんなに寝《ね》ちゃったんだあ」

急いで着替《きが》えていると、パパたちの声がした。

「早いじゃない、どうしたの」

バッチャが言うと、ママが靴《くつ》を脱《ぬ》ぎながら、

「店のほう、うまくいきそうなの。あらっ、タク、どうしたの、その顔？」

と言った。

「ヘルマンがね……」

じーんと、鼻の奥《おく》がまた痛《いた》くなった。


バッチャのカレーは、やっぱりうまい。

「お代わり」

バッチャは、今泣いたカラスがどうたらこうたら言いながら、

「はーい、お代わり一丁、サービスね」

と、よそってくれる。

パパがダンボールとガムテープで、洗面台《せんめんだい》の下をふさいでくれた。

「さびしいだろうね、ヘルマン」

タクが言うと、パパが今度の日曜日、ヘルマンの遊び道具を買いにいこうと、約束してくれた。

あいつが突進《とっしん》していくようなやつを、見つけてこなくっちゃ。

日曜日、パパと行ったのは、体育館のようなだだっ広い店だった。

木工の材料からノコギリなんかの道具やペンキ、電気屋さんのようなドリルからラジオの組み立てのセット、布地《ぬのじ》や毛糸などの裁縫《さいほう》セットなど、手作り用のものが整然と並《なら》んでいる。

駐車場《ちゅうしゃじょう》のそばが栽培《さいばい》コーナー、その奥《おく》が飼育《しいく》関係。ペットの餌《えさ》と餌箱《えさばこ》、鳥かごや虫かごや水槽《すいそう》が並《なら》んでいて、スリッパみたいな形の洞窟《どうくつ》もあった。

「チップを固めて作ってあります。ペットがなめたりかじったりしても、安全です」

店の人が保証《ほしょう》してくれる。

「食《く》いしん坊《ぼう》のあいつには、いいかもね、パパ」

長めの洞窟《どうくつ》と短めのと、同じチップでできているピンポン球みたいなボールを二つ買った。

大成功だった。ヘルマンはスリッパ型《がた》が気に入って、長いほうに入ったり短いほうに入ったり、楽しそうだ。

いやにおとなしいなと思ったら、短いほうにもぐりこんで、お尻《しり》丸出しにして寝《ね》ていた。甲羅《こうら》をノックすると、のそのそと起きだし、ボールを鼻先で転がしては全力で追いかけている。

2

「あーら、来週の木曜から二学期じゃない」

カレンダーを見ながらバッチャが言った。

「どこにも行けなかったねぇ」

夏休み中は、サッカーの練習に行くと、だれかがいなかった。いなかに行ったとか、キャンプに行ったとか、海に行ったとか。

テッちゃんもローカル線乗りつぎの旅をしてきたそうで、写真を見せてくれた。

「パパもママも仕事だもん、しかたないじゃん」

言ってはみたものの、やっぱりさびしかった。

公園にラジオ体操《たいそう》に行って、店の前を掃《は》いて、自分の部屋とヘルマンのいる茶の間を掃除《そうじ》して、階段《かいだん》とヘルマンの遊ぶ廊下《ろうか》を水拭《みずぶ》きして、なんとなく午前中が終わってしまう。

「タクがいると、助かるわあ」

バッチャは言うけれど、これってダセイでやっているだけじゃん。

みんなはテレビゲームをやっているらしいけど、うちの大人たちは十年早いと言って取り合ってくれない。

坂の上の図書館はクーラーがきいているので、宿題がはかどる。あきてくれれば、本やマンガの読みほうだいだもん、ぜいたくってもんだ。

帰ってから店の前に水をまき、サッカーの練習に行き、ヘルマンにポコッをさせていた。

……夏休みは終わろうとしていた。

3

「明日は海だよ、ドライブだよ」

ママの店が、やっと軌道《きどう》に乗ってきたらしい。

花ちゃんのような新米ママや、ママになる人のための店は、ママとママの親友・梢《こずえ》さんの長年の夢《ゆめ》だった。

哺乳《ほにゅう》ビンや紙おむつ、ベビー服に離乳食《りにゅうしょく》、おもちゃや初めての絵本、ベビーカーなどの商品を売るだけでなく、子育ての経験《けいけん》を生かしていいものをそろえ、相談にのったりできるお店。

しろうとのママたちがやるので、仕入れや支払《しはら》いの方法、陳列《ちんれつ》や宣伝《せんでん》の仕方なんか、会社の帰りにパパが寄《よ》ってアドバイスしていたらしい。

「置いてくよう」

パパの声だ。

朝の五時だというのに、みんな起きていた。

「えっ、あと三十分で出発？」

「着替《きが》え、バッグに入れたよね？」

去年、養老渓谷《ようろうけいこく》で転んでびちょびちょになったので、着替《きが》え一式は用意してある。

「ヘルマンの餌《えさ》は？」

「えっ、連れてくの？」

「あったりまえじゃん。ヘルマンだって夏休みしたいって」

桃《もも》ちゃんの置いていった紙おむつを敷《し》いたかごが、ヘルマンの指定席。もうかごに入って、ちろんとタクを見上げている。

ジッチャがトランクを開けて、クーラーボックスを入れている。

「うまい魚、仕入れてくるだろうから」

それって、サイソクじゃん。

パパがドラえもんの絵のショルダーバッグをさげている。

「借りたよ」

ヘルマン用なのだそうだ。

「朝ご飯。食べいいように小さくしといたからね」

バッチャがランチボックスをママに渡《わた》した。

「わーい。バッチャの鮭《さけ》入りおむすびだあ」

バッチャがバスタオルをおなかにかけてくれた。その上に、ヘルマンが乗って出発進行。

ヘルマンにとっては初めてのドライブ。かごの上できょときょとと首を伸《の》ばしている。

イヌネコ病院に行ったとき以外、一度も外に出たことのない「箱入りヘルマン」。うれしくって、爆発《ばくはつ》しそうなんだろうな。

車のドアを開けたとたん、海のにおいがした。

海がまだ見えない町の中なのに、海の風が吹《ふ》き抜《ぬ》けている。

鎌倉《かまくら》野菜の市場は、朝からにぎわっていた。見たこともないまっ赤な細長いニンジン、大事に育てられたという感じの小さなカブなどが並《なら》べられている。
やわらかな緑色をした菜っ葉があった。

「葉ものが好きなの？」

と、声をかけられた。

「ヘルマンが好きかなと思って」

「あらっ、その外人さん。お肉じゃなくって、葉ものが好きなの？」

「あのー、ヘルマンってカメなんですけど」

売り場のおばさんが、けたたましい声で笑った。

パパが驚《おどろ》いてとんできた。

「おばさんたらね、ヘルマンのこと、外人さんなんて言うんだもん」

「この子が、ヘルマンでーす」

ドラえもんのバッグにいるヘルマンを見せた。

「まあ、かわいいカメちゃんだこと」

「ヘルマンって、草食なの。でもね、大根の葉っぱは苦手なんだよ。やわらかいのが好きなんだ」

おばさんは、タクが見ていた菜っ葉を手に取ると、

「チンゲイサイなんだけど、やわらかいってお客さんに人気なのよ」

ヘルマンの顔にチンゲンサイを近づけると、身を乗り出してムシャッとかじった。

チンゲンサイを二束と、赤いニンジンを買った。


パパたちが気にしていることがあった。

鎌倉《かまくら》名物だという生シラス丼《どん》はすごい人気で、すぐに売り切れてしまうのだそうだ。

まだ九時半だというのに、売り切れちゃうんだろうか。

海岸通りに出ると、生シラス丼《どん》と書かれた赤いのぼりが何本も立っていた。

店に入ると、まだ大丈夫《だいじょうぶ》だという。

「三つね」

パパは注文するけど、タクはどうしてもアジのたたき丼《どん》が食べたかった。ジッチャが連れていってくれた居酒屋《いざかや》さんで食べた味が、忘《わす》れられなかったからだ。

「生シラス丼《どん》二つと、アジのたたき丼《どん》一つね」

注文し直していると、店の人が「隣《となり》の魚屋もうちの店で、今のうちなら、とれたての生ワカメやサザエが買えるから」と教えてくれた。

丼《どんぶり》が来る前にのぞきにいくと、朝とれの魚が行儀《ぎょうぎ》よく並《なら》んでいた。あざやかな緑色をした生ワカメとサザエとアジの干物《ひもの》を買って、クーラーボックスに入れた。

ジッチャへの土産《みやげ》ができて、なんだか安心した。

ママが生シラスを少しタクの丼《どんぶり》にのせてくれた。こりこりしたシラスがそんなにおいしいとは思えなかったけれど、アジのたたき丼《どん》はとびっきりうまかった。

「夏休みまっさかりのころは、行列ができてなかなか食べられなかったのに、八月ももうすぐ終わりですからねえ」と、店の人が言った。


じりじりと痛《いた》いような日ざしが照りつけている。

「海だ、海だあ」

パパと二人でかけだす。

「忘《わす》れものよう」

ママがヘルマンのバッグをゆらしている。

色とりどりの板で、サーファーたちが波乗りをしているけれど、夏の終わりの海は、波が高くてとても泳げそうもない。

「ザンネン」

パパは砂浜《すなはま》に寝《ね》そべってしまったし、ヘルマンと遊ぶしかないか。

砂浜《すなはま》におろしてやると、ヘルマンはきょとんとタクを見上げた。

「いいんだよ。走っておいで」

波の音がこわいのだろうか。ヘルマンは波打《なみう》ち際《ぎわ》に背《せ》を向けると、けんめいに歩き始めた。

まだ踏《ふ》み荒《あ》らされていない砂浜《すなはま》に、ヘルマンの足跡《あしあと》が二すじ、くっきりとついている。ヘルマンの生きているあかしのような気がして、タクは、ふと泣きたくなった。

遠い国からたった一人で連れてこられたヘルマン。

毎日水槽《すいそう》の中で、外に出ることばかり考えているヘルマン。

この熱い砂浜《すなはま》を、こんなにけんめいに歩いているこの時間が、ヘルマンにとってどんなに貴重《きちょう》なことか。

突然《とつぜん》、ヘルマンが丸まった。

タクのすぐ足元で犬の鼻息がしたからだ。

「あっ」

ヘルマンに気づいた犬が、しっぽをふりながら近寄《ちかよ》っていく。

「やめて、やめてよ」

タクは思いっきり砂《すな》をけって走った。犬がヘルマンに鼻先を寄《よ》せる寸前《すんぜん》、タクはがばっとヘルマンにおおいかぶさった。

「やめて、やめてったら」

タクの胸《むね》の下で、もごっとヘルマンが動いた。

「こわかったろう。ごめんよ」

ヘルマンはまた、もごっと動いた。

「だめよ、ゴロー。勝手に走ったりしちゃ」

飼《か》い主《ぬし》ののんきそうな声がした。

悔《くや》しくってタクは涙《なみだ》が出そうになった。

鎌倉《かまくら》駅の真ん前に、鳩《はと》サブレー屋さんがあった。

「タクでしょう。バッチャでしょう。桃《もも》ちゃんと、梢《こずえ》さんと、パパの会社と、ママのぶん」

ママは売るほど買って、トランクに入れた。

「三時には、家に着いちゃうなあ」

パパが車を出そうとすると、寄《よ》りたいところがあるのと、ママが言った。梢《こずえ》さんの友だちの葉子《ようこ》さんの藍工房《あいこうぼう》が大船《おおふな》にあるので、のぞいてきてと頼《たの》まれたのだそうだ。

4

工房《こうぼう》は大船《おおふな》駅の近くにあった。ギャラリーに入ったとたん、草のにおいがした。藍《あい》のにおいだそうだ。

作品がずらりと展示《てんじ》されていた。タペストリーやのれん、日傘《ひがさ》や帽子《ぼうし》、ストールやハンカチ……。植物で染《そ》めたというのに、濃《こ》い青や淡《あわ》い青の色は、さっき見た海のように美しかった。

Tシャツコーナーがあった。大人用から子ども用までいろいろある。

「藍染《あいぞめ》のものって、虫にさされないっていわれて、田んぼや畑に行くときは必ず着てたんですって。それで、ベビー服とか子どもの下着とか、Tシャツを染《そ》めてみたの」

葉子《ようこ》さんは、いとおしそうに作品を見て言った。

子どもの肌《はだ》にいいと聞くと、ママは興奮状態《こうふんじょうたい》。あれもこれもと、ダンボール箱に詰《つ》めてもらっている。

淡《あわ》い水色の毛糸で編《あ》んだ、小さな靴《くつ》が飾《かざ》ってある。

タクはふと、小さいころにママに読んでもらった童話を思い出した。たしか、『迷《まい》子《ご》の天使』という本だった。

雪の夜、迷子《まいご》の天使が寒い寒いと泣いていた。通りかかった野良犬《のらいぬ》が泣いている天使を見つけ、ふところに抱《だ》いて温めてあげる話だった。

うずくまる野良犬《のらいぬ》の上に、しんしんと雪が降《ふ》りつもっていく話だった気がする。

「どうしたの、タク。ぼんやりして」

「ほら、あの天使にこの靴《くつ》、はかせてあげたいなと思って」

「こんな暑い日に、雪の天使を思い出すなんて」

「でもさあ、あの天使にぴったりなんだもん」

「いいかもね。天使の靴《くつ》ってネーミングで、お店に並《なら》べてみようかしら。赤ちゃんが初めてはく靴《くつ》が、この天使の靴《くつ》。……エンジェルシューズかあ。いいないいなあ」

カメは万年、縁起《えんぎ》がいいんだものと言いながら、ママはヘルマンの背中《せなか》に水色の靴《くつ》をのせて、写真を撮《と》っている。

やだやだ、ママったら、商売人の顔になっている。

「小田原《おだわら》駅のもおいしいけど、ここのアジの押《お》し寿司《ずし》もおいしいのよ」

葉子《ようこ》さんが教えてくれる。

「じゃあ、夕食はアジの押《お》し寿司《ずし》にする」

ママと買いにいっている間に、パパがバッチャに電話してくれていた。

「夕食は買っていくからと言ったら、タクの好きな鶏《とり》の唐揚《からあ》げとスイカ用意しとくってさ。バッチャったらもう、タクタクなんだから」

パパは両腕《りょううで》をぐるぐる回しながら言った。

「渋滞《じゅうたい》になる前に帰らなくっちゃ」

朝の五時半から、たった十二時間の夏休みだったけれど、やっぱり夏休みっていいもんだ。

ヘルマンのやつは、タクのひざの上で爆睡《ばくすい》している。

「助手席に座《すわ》る？」

とママが言うから、ここでいいよと言うと、

「寝《ね》るんだったら、おなかにバスタオルかけてね」

と、ママが笑った。

ママって人の心が読めるんだろうか。

5

夏休みの最終日だった。洗濯物《せんたくもの》をたたみながら、バッチャが言った。

「明日の準備《じゅんび》、できてるの？」

宿題よーし、エンピツは削《けず》ったし、給食袋《きゅうしょくぶくろ》よーし。あっ、上ばき上ばき。

あわてて洗《あら》っておいた上ばきを玄関《げんかん》に取りにいく。

行きがけに水槽《すいそう》を見た。あいかわらずヘルマンは、ガラスの壁《かべ》にほっぺたをくっつけ、タクを見ている。

上ばきを持って階段《かいだん》を上りながら、変だなとタクは思った。違和感《いわかん》とはこういうことをいうのだろうか。なんか変なのだ。

引き返して水槽《すいそう》を見た。変なわけだ。ヘルマンがガラスに両手をついて、背伸《せの》びしているのだ。

ひっくり返ったら一巻《いっかん》の終わりなんだぜ、と言ったテッちゃんの声がよみがえった。

「危《あぶ》ない危《あぶ》ない、だめじゃんか」

手足をばたつかせているヘルマンを、水槽《すいそう》の新聞紙の上に置いた。

ヘルマンは、うらめしそうにタクを見ている。

あっ、テッちゃんの声がする。今日は夏休み最後のサッカーの練習なのだ。

公園でテッちゃんとしばらく待っていたのに、いつまでたってもだれも来なかった。

「宿題やってんのかな」

ボールをけりながら、テッちゃんが言った。

「終わった？」

「うん。バッチャがうるさいんだもん」

「うちもおんなじ。オヤッサンがねえ」

と、テッちゃんが笑った。

テッちゃんちはオートバイ屋さんだ。新品のオートバイを売っているというより、修理《しゅうり》が中心なのか、いつもオヤッサンはつなぎを着て機械油のにおいをさせている。

「若《わけ》えもんは、ふんぞり返って乗っちゃいけねえ。ハーレーなんてのはな、年寄《としよ》りの乗るもんよ。若《わけ》えもんは、こう、前傾姿勢《ぜんけいしせい》になってよう、バイクと一体になって風になるもんよう」

店にはいつも茶髪《ちゃぱつ》に金髪《きんぱつ》、鼻にまでピアスをしている「若《わけ》えもん」が、たむろしている。

エンジンオイルがどうの、マフラーがどうのと言っている若《わけ》えもんは、おじさんのことをおやじさんと呼《よ》んでいたのに、このごろはオヤッサンになってしまった。

「自分の二輪を汚《よご》したままのやつは、仲間じゃねえ」

オヤッサンは、泥《どろ》のついているようなバイクの部品の交換《こうかん》や修理《しゅうり》はしてくれない。

若《わけ》えもんは、道路にはみ出て一心《いっしん》にバイクを磨《みが》くことになる。

「いいかげんなら、やらないのとおんなじ」

が口癖《くちぐせ》で、半端《はんぱ》な仕事は許《ゆる》さない。

「宿題をやってないってことは、人生に借りができたようなもんよう」

も口癖《くちぐせ》で、テッちゃんは借りを残さないように、宿題は必ずやってくる。しかも、いいかげんじゃないから、いつも先生にほめられるのだ。

二人でボールをけりながら待っているのに、だれもあらわれない。結局、

「ヘルマンの顔でも見にいくかあ」

になってしまった。


茶の間の戸を開けた瞬間《しゅんかん》、思わずあっと声が出た。

ヘルマンがひっくり返っていたのだ。

こいつは、また背伸《せの》びしたんだ。なにかの拍子《ひょうし》にすべって、くるんとひっくり返っちゃったんだ。

「ヘルマン」

と呼《よ》ぶと、とろんと半眼《はんめ》を開き、それからびくとも動かない。

テッちゃんとバッチャが、すっとんできた。

「タオルとドラえもんのバッグ、ちょうだい」

バッチャはタオルでヘルマンをくるむと、バッグに入れタクの肩《かた》にかけてくれた。

「先生にデンワしとくから、気いつけて行くのよ」

テッちゃんがいっしょに走ってくれた。それなのにタクは、小さな石につまずいてつんのめった。

「転んだら、ヘルマンだってけがするんだぜ」

落ち着け落ち着けと、テッちゃんがおまじないのように言ってくれる。

先生は、洗面器《せんめんき》にお湯をはって待っていてくれた。そして、だれに言うともなく、

「びっくりしたろう。もう大丈夫《だいじょうぶ》だからね」

と言いながら、湯に入ったヘルマンのおなかをさすり甲羅《こうら》をさすった。

やがて、ゆっくりとヘルマンの手が動き、足が動いた。のっそりと首をもたげ、だるそうにあたりを見回した。そしてなんと、ポコッポコッとやったのだ。

驚《おどろ》いたのはタク。

「ヘルマン。行儀《ぎょうぎ》が悪いぞ。先生に失礼じゃんか」

先生は笑いながら言った。

「リラックスできたってことだよ。もう安心だよ」

先生がタオルでヘルマンを拭《ふ》いていると、テッちゃんが首を傾《かし》げた。

「こいつ、どうして助けてって言わなかったんだろ。日本語は無理にしても、カメ語で叫《さけ》べばいいじゃん」

「この前、洗面台《せんめんだい》の下に甲羅《こうら》がつっかかっちゃったときも、何にも言わないんだもん」

ぼく泣いちゃったよと言いかけて、タクはあわてて言葉をのみこんだ。

「カメって、しゃべれないんだ」

「えっ、どうして。カメ同士《どうし》でも?」

「カメって、声帯がないんだ」

「耳も?」

「耳はあるけど」

「聞くことはできるのに、しゃべれないなんて、そんなのないよ、かわいそうだよ」

「カメを飼《か》うってことは、しゃべれないカメの心を聞き取ってやることなんだ。水槽《すいそう》の中で背伸《せの》びしてたのも、外に出たい心を、アピールしてたってことかな」

そして、カルテを見ながら言った。

「初めてここに来たときは、八五グラム。今量ったら、一八〇グラムあったよ」

「倍になってる」

「そう。若《わか》いヘルマンは好奇心《こうきしん》いっぱいだし、体力もついて背伸《せの》びだってできる。目が離《はな》せない年ごろなんだな」

「こいつって、なんでひっくり返ると、一巻《いっかん》の終わりになっちゃうの」

「甲羅《こうら》が丸いから、なかなか起き上がることができない。するとね、肺《はい》が押《お》しつぶされちゃうんだ。カメは這《は》って歩くから、肺《はい》は背中《せなか》にしょってるの。甲羅《こうら》で守ってるわけだ。ひっくり返ると肺《はい》が押《お》しつぶされて、息が苦しくなっちゃうんだ」

かわいそうなヘルマン。苦しかったろうなあ。

「三丁目のおまわりさんから、カミツキガメがふえている話を聞いたけど、ミドリガメもなんでしょう?」

「ぼくも知ってるよ。新聞に大きく出てたもん」

お祭りのとき、ジッチャがミドリガメを買ってくれて、何日か家にいたことがあった。新聞の見出しに、ミドリガメという大きな活字を見つけたとき、なつかしいような気がしたのだった。

むずかしい漢字が多かったので、ジッチャに説明してもらった。

ミドリガメの生息地は北アメリカで、天敵《てんてき》がたくさんいる。ミドリガメは、子孫を残すためたくさん卵《たまご》を産んだ。天敵《てんてき》はその卵《たまご》まで餌食《えじき》にしてしまうので、ミドリガメがふえすぎるということはなかった。

そのミドリガメが日本にやってきた。

おとなしいミドリガメは、縁日《えんにち》で売られるほど人気が高かった。簡単《かんたん》に手に入ったミドリガメは、あきられると、簡単《かんたん》に公園の池などに捨《す》てられてしまった。

温暖《おんだん》な気候のうえ、天敵《てんてき》も少なく雑食《ざっしょく》のミドリガメにとって、日本は天国だった。北アメリカにいたときと同じように、たくさん卵《たまご》を産み、川の色が変わるほどふえ続けていった。

レンコンの茎《くき》まで食いちぎったりして、人間社会をおびやかすようになったという記事だった。

「でも今、ミドリガメは捕獲《ほかく》されてるんだよ」

「あのー、捕獲《ほかく》されたカメは、どうなっちゃうの」

「駆除《くじょ》っていうか、処分《しょぶん》っていうか……」

「それって、殺《ころ》されちゃうってこと？」

「まあな」

二人は悲鳴を上げた。

「そんなのないよ。かわいそうだよ。残酷《ざんこく》だよ」


「じゃあ、ヘルマンたちも？」

「そんなことはありえない」

先生はきっぱりと言った。

「ヘルマンって、ヨーロッパ生まれなんだよ」

「えっ、ガラパゴスじゃないの」

「いや、地中海のバルカン半島の生まれ」

「イグアナといっしょに住んでるのかと思ってた」

「長靴《ながぐつ》の形をしたイタリアは知ってるよね。その右隣《みぎどなり》、つまり東側にあるのが、バルカン半島。そこの、アルバニアというところで生まれたんだよ」

アルバニアには天敵《てんてき》はいないし、穏《おだ》やかに過《す》ごしていられた。だから卵《たまご》をたくさん産む必要もなかった。

ところが、開発が進み、ヘルマンたちはどんどん追いやられていって、日本に輸《ゆ》出《しゅつ》するどころか、絶滅危惧種寸前《ぜつめつきぐしゅすんぜん》になるまでになってしまった。

「でも、どうしてヘルマンはペット屋さんにいたの」

ブリーダーたちの努力のおかげなのだそうだ。なんとか種を保存《ほぞん》しふやそうと、いろいろと飼育法《しいくほう》を考えて、やっと日本のペットショップに並《なら》ぶほど、ふやすことができるようになったそうだ。

「心ない人のちょっとしたことで、生態系《せいたいけい》はどんどんくずれていってしまうんだね」

イグアナや陸ガメの天国だったガラパゴスに、山羊《やぎ》を置き去りにした人間がいる。もともと哺乳類《ほにゅうるい》のいなかった島に、山羊《やぎ》が出現《しゅつげん》し、ふえ続けていくことによって、なんと陸ガメたちの餌《えさ》である草が、むしゃむしゃと食い荒《あ》らされていく。

「陸ガメたちは、日に日に痩《や》せ細っているそうだよ。悪いのは山羊《やぎ》じゃなくって、心ない人間なんだ」

食《く》いしん坊《ぼう》のヘルマンが、食べる草もなく痩《や》せていくとしたら、なんて残酷《ざんこく》な話だ。

ガラパゴスでは、やっと山羊《やぎ》の生け捕《いど》り作戦が行われるようになったという。

「カメは万年なんていうでしょう？　でも、ほんとはいくつくらいまで生きられるんですか？」

「寿命《じゅみょう》を決めるのは甲羅《こうら》の大きさだといわれてる。一メートルの大きさだったら百年。ヘルマンだと三〇センチくらいだから、三十年ってとこかな」

「タクちゃんが、三十いくつのおじさんになるまで、生きてるってこと？」

「そう。タクちゃんが、ひげの生えたおじさんになるまで、責任《せきにん》持って世話しなきゃいけないってこと」

「大変だな、タクちゃんも」

テッちゃんがなぐさめ顔で言ったけど、たしかバッチャヤにも、「責任《せきにん》持って飼《か》ってちょうだい」と、言われたっけ。

責任《せきにん》っていっても、餌《えさ》やって、ポコッをさせて、廊下《ろうか》で散歩させるくらいにしか考えていなかった自分に、がつんとやられたような気がした。


「あのう、治療代《ちりょうだい》って、おいくらでしょうか」

タクは、おそるおそるたずねた。

「治療《ちりょう》っていわれても、お風呂《ふろ》に入れただけだし」

今度はテッちゃんが、おそるおそる言った。

「タクのやつ、お金持ってないから、オマケしてやってください。二〇〇円にしてやってください」

「テッちゃん、やめてよ。失礼じゃんか」

先生はけらけら笑った。

「八百屋さんで、大根値切《ねぎ》ってるみたいだな。どこから二〇〇って、はんぱな数字が出たの？」

テッちゃんは、得意《とくい》げに言った。

「銭湯《せんとう》の大人が五二〇円、子どもが二〇〇円だから」

先生は、椅子《いす》から落っこちるほど笑った。

「ヘルマンちゃんのお風呂《ふろ》代ってわけかあ。いいでしょう。会計のお姉さんはいないし」

タクは、バッチャがお諏訪様《すわさま》で買ってくれたお守りを出した。

「二〇〇円なら、今すぐ払《はら》えます」

お守りには、いつも一〇円玉が一つ、一〇〇円玉が一つ、五〇〇円玉が一つ入っている。

いざというときの電話代と、いざというときのバス代と、なにかのときの五〇〇円だった。

「タクの全財産《ぜんざいさん》って、六一〇円なの？　ここから二〇〇円払《はら》うってわけ？」

「ちがうよ。先生、あとの四一〇円は、ぼくの心です。助けていただいた、ありがとうっていう、ぼくの心です。アルバイトできるようになったら、十倍にも二十倍にもしてお返しします」

「こんなにあったかい心をもらったの、初めてだよ。ありがとう。これでじゅうぶんだよ。こっちこそ、きみたちといろんな話ができて、楽しかったよ」

先生は、長い指でヘルマンの甲羅《こうら》をなでながら、よかったなと言った。

外に出ると、すっかり日は暮《く》れていた。

「ありがとう。テッちゃん。ほんとに、ありがとう」

「てやんでえ、ダチじゃんかあ」


店の前で、バッチャが待っていた。

「今、先生から電話があったよ。ヘルマン、元気になってよかったね。心配だったけど店の忙《いそが》しい時間だったから、ごめんよ、行けなくて。

テッちゃん、ありがとね。テッちゃんがついていってくれて、タクはどんなに心強かったことか」

テーブルに、サイダーが二本、アイスクリームのカップが二つ、コップとスプーンとストローが二つずつ置いてある。

「セルフサービスの、クリームソーダね」

シュワッシュワッと上《のぼ》ってくる泡《あわ》を見ているうち、たまらなくおかしくなって二人で笑った。笑っても笑っても笑いがこみ上げてくるのだった。

シュワッシュワッのこの時間、忘《わす》れないだろうな、ぼくたち。

ヘルマンがカサッと音を立てた。あいかわらず水槽《すいそう》のガラスにほっぺたをくっつけ、こっちを見ている。

第三話　アマミヤくん

1

三月もなかばになっていた。
なんだか、アマミヤくんが変なのだ。
授業中《じゅぎょうちゅう》も窓《まど》の外ばかり見ている。
そしてときどき、ふうっと長いためいきをついているのだ。
「どうした、アマミヤ」
先生が言った。これで三回目だ。
だいだいアマミヤくんは、ぼけっと外を見ているような子じゃないんだ。

背《せ》が高くって、頭がよくって、交通安全のポスターのコンクールでは、区長賞《くちょうしょう》をもらっている。合唱コンクールではピアノ伴奏《ばんそう》をするし、運動会ではリレーの選手だ。テッちゃんがトップでスタートを切り、アンカーのアマミヤくんがダントツ一位でゴールするというパターンで、他のクラスに圧勝《あっしょう》している。

女の子に人気があるのは当然だとしても、男の子にとってもあこがれの存在《そんざい》なのだ。

そのアマミヤくんが、

「どうした、アマミヤ」

と、三回も注意されているなんて、やっぱり変だ。

「あれって、アマミヤくんじゃない？」

テッちゃんが言った。

公園でサッカーの練習をして帰ると、店の前にランドセルをしょったまんまのアマミヤくんがいた。

「タク、お友だちよ。ずっと待ってたのよ」

バッチャが店のガラス戸を開けながら言った。

「吉田《よしだ》くんちって、酒屋さんなんだね」

同じクラスとはいっても、アマミヤくんちは商店街の右手にある長い坂の上にあったので、帰り道はちがうし、遊んだことはなかった。それで、

「あのう、なんか用?」

って、思わず聞いてしまった。

「なんだねえ、この子は。遊びにきてくれたのに、そんな言い方はないでしょ。

さあさ、みんな部屋にあがって」

と、バッチャが言った。

「吉田《よしだ》くんて、カメ飼《か》ってるんだって?」

「うん。ヘルマンていう陸ガメ」

テッちゃんが代わりに答えてくれた。

「会わせてもらおうかと思って」

「ヘルマンに?　いいよいいよ。さびしがり屋のヘルマンは大喜《おおよろこ》びするよ」

部屋のドアを開けるとヘルマンは、いつものようにカサッと音をさせ、水槽《すいそう》のガラスに寄《よ》ってきた。

「うわあ、かわいいね」

アマミヤくんは水槽《すいそう》に走り寄《よ》った。

「甲羅《こうら》が盛《も》り上がっているんだね。あっ、動いた。こっち見てる」

あのアマミヤくんが、こんなに興奮《こうふん》するなんて、びっくりした。

「抱《だ》いてもいい？」

そおっと、やさしい手つきでヘルマンを水槽《すいそう》から出すと、セーターの腕《うで》でそっと包みこんだ。まるで卵《たまご》でも抱《だ》いているように、やさしくやさしく。

不思議なことに、あのやんちゃなヘルマンが、アマミヤくんの腕《うで》の中でじっと目をつぶっているのだ。

ヘルマンが、ぴくっと動いた。

ヘルマンの背中《せなか》に水滴《すいてき》が落ちたからだ。水滴《すいてき》はあとからあとから落ちてきて、ヘルマンの背中《せなか》をぬらしていった。

アマミヤくんの涙《なみだ》だった。そしてとうとう、アマミヤくんは声を上げて泣き始めた。

タクが迷子《まいご》になったとき泣いたのとはちがう、悲しさをこらえてこらえてこらえきれずに泣く声だった。

タクもテッちゃんも見ているしかなかった。

「コーラがいい？　ジュース？」

バッチャが勢《いきお》いよくドアを開けたが、

「アマミヤくんて、カメ飼《か》ってたことある？」

と聞いた。

「うん」

しゃくり上げながら、アマミヤくんがうなずいた。

「かわいがって飼《か》ってたのよね」

「うん」

「抱《だ》き方からしてちがうもの」

「でも、でもぼく、死なせちゃったの」

とうとうアマミヤくんは、肩《かた》を震《ふる》わせ泣きだした。

そして、涙《なみだ》をぬぐいながら飼《か》っていたカメの話をし始めた。

2

お父さんは銀行員で、お母さんは看護師《かんごし》。それでぼくは、四年生まで学童保育《ほいく》に通っていたから、六時より前に家にいたことはほとんどなかった。

保育園《ほいくえん》には、六時になるとお母さんが迎《むか》えにきてくれたけど、学童保育《ほいく》では、六時になると一人で家に帰るようになった。小さいころからの習慣《しゅうかん》なので、さびしいと思ったことはなかった。

それでも、首に下げているカギを取り出し、玄関《げんかん》の戸を開けるとき、ふと思うこともあった。

「ただいまあ」と言ったら、「お帰りぃ」って言ってもらえたらなあと。

家中の電灯をつけ、炊飯器《すいはんき》のスイッチを入れテレビの電源《でんげん》を入れると、やっと人心《ひとごこ》地《ち》がついた。

六時半かっきり、お母さんが戸を開ける音がする。

「お帰りぃ」と、ぼくはありったけの声で迎《むか》える。

「おなか、すいたでしょう」

お母さんは、すぐにエプロンをつけ夕食の支度《したく》を始める。地下鉄の駅から長くて急な坂を上り、大急ぎで家まで帰ってくるのは大変なはずなのに。

朝のうちに下ごしらえしてあるので、ご飯が炊《た》けるころには、おかずはできあがってしまう。

「すごい。二十分と三秒」

新記録だねと言いながらテーブルにつく。新記録とはいっても、けっして手抜《てぬ》きをしないところが、お母さんのすごいところだ。

メンチカツに里芋《さといも》とイカの煮《に》もの、サラダにデザートのオレンジまで並《なら》んでいる。

「食べるかしゃべるか、どっちかにしたら」

と、いつも言われるのだけれど、ぼくは、「それでね」「ぼくさあ」「おかしいったらないの」と、一日あったことをしゃべりまくる。

しゃべりまくり、食べ終わりお茶を飲むころ、どっと疲《つか》れが出て、やっと静かなぼくになる。


看護師《かんごし》は病棟《びょうとう》と外来の二つに分かれていて、お母さんは今、外来勤務《きんむ》だ。病棟《びょうとう》だと夜中とか早朝の勤務《きんむ》があり、子どものいる看護師《かんごし》には無理なのだ。

「母子家庭みたい」

とお母さんはお父さんに嫌味《いやみ》を言うけれど、お父さんも出張《しゅっちょう》が多かったり帰りが不規則《ふきそく》だったり、なかなか大変らしい。

ぼくが四年生になって、お母さんはやっと病棟勤務《びょうとうきんむ》に変われるはずだったのに、突然《とつぜん》、お父さんが鹿児島《かごしま》に転勤《てんきん》することになってしまった。

単身赴任《たんしんふにん》ということで、お父さんも大変だろうけれど、残されたぼくたちもがんばらなくちゃならない。

夜中にぼくを一人にさせられないからと、ほかの看護師《かんごし》さんに気がねしながら、お母さんは外来勤務《きんむ》を続けている。それなのにぼくは、学童保育《ほいく》がちょっといやになってきてしまっていた。

保育園《ほいくえん》の友だちがそのまま学童保育《ほいく》に行くので、困《こま》ることがあったからだ。気に入らないいやつがいるなんてことは、がまんできた。けれど、どういうわけか、女子ばかりなのだ。

女子がいやというんじゃないんだ。思いっきりサッカーやったり、思いっきり相撲《すもう》とったり、思いっきりというのが、どうもできないのだ。

それで、夏休みから一人で家でがんばってみようと思った。

お母さんが六時に帰るまでの十時間、まるまる自分の時間だった。自由に過《す》ごせる時間のなんと快適《かいてき》なことか。

テレビゲームとかは買ってくれないので、宿題をしたりして午前中はすぎてしまうのだけれど、困《こま》ったことに近くに遊び友だちがいない。

学童にも男子が少なかったけれど、家のまわりにも男子がいないのだ。坂の下の商店街には、サッカーチームができるほど男子がいるというのに。

しかたがないから図書館に行く。寒いくらいクーラーがきいているし、本もマンガも好きなだけ読めるので、気に入っている。

毎週土曜日の午後は、ピアノの練習日だ。ここも女子ばかりなのが気にかかるけど。

「楽器が弾《ひ》けるって、いいもんだよ」

中学生のときからブラスバンド部にいたお父さんのすすめで、習い始めたピアノだった。リズム感がいいとおだてられ、続けている。ストレス発散になっているのかもしれない。

帰りは地下鉄の駅前で、お母さんと待ち合わせる。週一度の買い物デーだからだ。一週間分の野菜や肉や魚や牛乳を買う。ぼくは荷物持ちってわけだ。

そして最後は、週一度の外食。

ラーメンぎょうざの日とか天丼《てんどん》の日とかあるけど、

「お父さん、鹿児島《かごしま》で何食べてるかなあ」

が、外食のいつもの締《し》めとなる。

「このごろ変よ。黙《だま》って食べてるし」

そういえば、食べるかしゃべるかどっちかにしたらと、お母さんに言われなくなっている。まるまる自由な十時間と喜《よろこ》んでいたのに、自由ってやつが重荷になってきた気がする。

昼にはお母さんが作っていってくれたお弁当《べんとう》を食べる。一人でぼそぼそ食べているって、おもしろくもなんともない。

図書館に行っても『マンガ日本史《にほんし》』を読むのが楽しいくらいで、友だちとしゃべることもサッカーやることもない。

ときどきプール教室があり、思いっきりしゃべったり、泳いだりしてはいるけれど。つまんなーいと言って、石をけっとばして歩いている自分に気がつき、はっとする。そうだ、ピンクのマーカーと消しゴムを買ってこなくっちゃと思いついて、ほっとする。たいくつな時間から抜《ぬ》け出せるような気がしたからだ。

近くの文房具店《ぶんぼうぐてん》が閉店《へいてん》した。少子化のせいだと近所の人たちがうわさしている。しかたがないので、坂の下にある文房具店《ぶんぼうぐてん》に行くことにした。

マーカーと消しゴムだけなのに、レジでビニール袋《ぶくろ》に入れてくれた。

帰りがけに同じクラスの子たちに出会った。商店街の子たちだった。サッカーの練習があるとかで、「じゃあな」と言っただけで走っていってしまった。

坂の右奥《みぎおく》に公園がある。大名の屋敷跡《やしきあと》だそうで、ブランコやすべり台のある児童公園とちがって、大きなシイの木が何本もあり、真ん中に池もあった。

池には小さな太鼓橋《たいこばし》がかかっていて、渡《わた》ると小さな神社が建っていた。

フジの花のきれいなころ、お母さんと行ったことがあるけれど、散歩しているのは大人の人ばかりだったので、それから行ったことはなかった。

寄《よ》ってみようかなと、ふと思った。

アスファルトの道はあんなに暑かったのに、公園の中はうそのように涼《すず》しかった。

セミの声がわきあがるようにしている。

ベンチに高校生が寝転《ねころ》がって本を読んでいるだけで、だれもいない。

ポチョンと、ときどき池で音がするだけで、あとはセミの声だけ。

ベビーカーを押《お》したおばあさんがやってきた。

「まあまあ、今日も日なたぼっこしてる」

ベビーカーに話しかけるのだけれど、赤ちゃんはばあばあと言うだけだった。

「カメさんはね、神様のお使いだから、大事にしなくっちゃね」

おばあさんは、ひとりごとのように言った。

しばらくして、赤ちゃんがぐずり始めたので、ベビーカーは行ってしまった。

池の真ん中に、小さな岩山があった。岩山には岩と同じ色をしたカメが、何匹《なんびき》も昼《ひる》寝《ね》している。

池からまたカメが這《は》い上がってきて、昼寝《ひるね》をしているカメの上によじのぼり、甲羅《こうら》干《ほ》しを始める。

だれかが動くと、だれかがポチョンと池に落っこちた。ときどきポチョンと音がした正体はこれだったのか。

ベンチの高校生も行ってしまったので、帰ることにした。

ふと足元を見ると、ちっちゃなカメがのそのそ歩いていた。池から這《は》い上がり、迷《ま》子《ご》になってしまったのだろうか。

「あっちだよ」

向きを変えてやるのだけれど、カメはまたのそのそとこっちにやってくる。

「カラスとか、ネコにやられちゃうぞ」

池にもどしてやろうと思って、またカメを両手で持ち上げた。カメはいやいやをするように、手足をばたつかせている。

3

なんであんなことをしちゃったんだろう。気がついたら走っていた。

神様のお使いだというあいつを、ビニール袋《ぶくろ》に入れて走っていた。

神様に見つからないように、全速力で坂をかけのぼっていた。

のぼりきって、思わず後ろをふり返った。心臓《しんぞう》がばくばくして、外にとび出していきそうだった。


カチリッ！

六時半かっきりに玄関《げんかん》のドアが開いた。

「あのね、お母さん。あのね、ぼくね」

シリメツレツって、こういうことをさすのだろうか。言いたいことが一気にほとばしり出た。

それでもお母さんには話が通じたらしく、

「それで、その子ってどこにいるの」

と言った。

机《つくえ》の上のダンボール箱を指さした。

「物置にあったやつ」

「その前は？」

「洗面所《せんめんじょ》」

お母さんはビニールの手袋《てぶくろ》をすると、ぼくの手と足と着ていたシャツとズボンに、シュッシュッと除菌《じょきん》スプレーを吹《ふ》きかけた。

玄関《げんかん》のノブと部屋のスイッチと炊飯器《すいはんき》のスイッチ、物置のドアにもシュッシュッとやった。

机《つくえ》の上とピンクのマーカーと消しゴムとダンボール箱に、そして最後に、ダンボールの中でごそごそしているあいつにも、たっぷりシュッシュッとやった。

そして、初めてにっこり笑って言った。

「はーい、オッケーね。ザリガニとかカメは、バイキンの巣でござんすからねえ」

洗面所《せんめんじょ》であいつをごしごし洗《あら》わされ、ぼくもシャワーを浴びてくるように言われた。

「爪《つめ》の先まできれいにね。髪《かみ》の毛もていねいにね」

餓死《がし》するんじゃないかと思うほど腹《はら》ペコで、やっと夕食にありついた。

「明日、池に返してくるのよね」

「ううん。飼《か》うことにしたんだ」

「？」

「あのねあのね、もう名前も決めてあるんだ」

ぼくは早口に、

「カーコっていうんだ。カーコ」

と言った。

「名前つけたら、もうこっちの負けじゃん。愛情《あいじょう》が乗りうつっちゃってるもん」

そう言うと、お母さんはぼくの肩《かた》に手を乗せて言った。

「いい？　あの子を飼《か》うってことはね、あの子の人生にかかわっていくことなんだからね」


もう一人腹《はら》ペコのやつがいたんだ。カーコはダンボール箱のすみで丸まっていた。

お母さんはダンボールのふたを切り取ると、ビニールを敷《し》き、その上に新聞紙を敷《し》いてくれた。

大皿に水を入れプールにした。

ご飯つぶを少し餌皿《えさざら》に入れてみた。カーコは迷《まよ》わずムシャッとやった。シラス干《ぼ》し二匹《にひき》もムシャッとやった。キュウリもちょちょっとかじった。

「雑食《ざっしょく》なんだね」

「腹《はら》ペコだったんじゃない？」

食べ終わったとたん、カーコは元気になった。新聞紙の上をカサコソ歩き、プールに入ったり出たり、あきずに動き回っている。

電灯を消すとやっと静かになった。疲《つか》れているのか、まん丸になって寝《ね》てしまった。

4

八時にお母さんが出かけると、またぼくの十時間になる。

あんなにもてあましていた自由な時間だったのに、もうたいくつなんて言葉、どこかに置いてきてしまっていた。

全速力で走り回っていたかと思うと、ヒレのような手足で泳ぐカーコ。ときどき、くいっと首を伸《の》ばしてぼくを見ているカーコ。

カーコを見ていると、いつの間にか時間がすぎていくのだ。

もうぼく一人じゃなかった。お昼だってカーコといっしょだ。

餌皿《えさざら》に、ぼくのお弁当《べんとう》箱からご飯つぶをちょっと入れ、ちくわの煮《に》つけをちょっと入れ、ポテトサラダをちょっぴり入れ、二人で食べる。カーコと同じものを食べているのが、とってもうれしかった。

「おいしかったね」

カーコも完食、ぼくも完食。

午後、漢字の練習帳四十分、算数のドリル四十分。

カーコは変なやつで、ぼくが座《すわ》って宿題やっているときは、こそっともいわず丸まっているのに、立ち上がって動き始めると、いっしょにごそごそやり始めるのだ。三時に頼《たの》まれていた洗濯物《せんたくもの》を取りこんでいると、カーコもうきうきと動きだす。板の間に置いてやると、ぼくの後ろを追いかけてくる。ぼくが立ち止まると、カーコも立ち止まる。そして、?の顔でくいっと首を伸《の》ばし、ぼくを見つめる。

図書館で『信長編《のぶながへん》』を読む予定だったのに、すっかり忘《わす》れて夕方になっていた。

あと三日で二学期だという日の午後、ぼくは、

「うっそー」

と叫《さけ》んでいた。

図工の宿題だった絵をすっかり忘《わす》れていたのだ。

「テーマは夢《ゆめ》。モチーフも画材も自由」ってやつで、なにをどう描《えが》いていいのか、思いつかないでいた。

スケッチブックに画用紙が一枚《いちまい》しか残っていなかったので、とりあえずスケッチブックを買いに、坂の下の文房具店《ぶんぼうぐてん》に行くことにした。

外に出ると空模様《もよう》が怪《あや》しい。全速力で坂を下り帰りの坂を上りかけたとき、ぽつんと来た。ビニール袋《ぶくろ》に入れてくれてはいるけれど、スケッチブックがぬれたら困《こま》る。

坂を上りきって図書館に逃《に》げこんだとたん、地面をたたくように雨が降《ふ》ってきた。

なかなかやみそうもないので、『信長編《のぶながへん》』を読むことにした。本能寺《ほんのうじ》が出てきたころ、

やっと雨がやんだ。

外に出ると、涼《すず》しい風が吹《ふ》き抜《ぬ》けていた。

「あっ、虹《にじ》！」

だれかが言った。

ブルー、黄色、オレンジ、赤、紫《むらさき》……、雨上がりの空をキャンバスにして、虹《にじ》は左下から右上にかけて大きな曲線を描《えが》いていた。

東は、雨が残っているのか濃《こ》い青の色、南は、夕方の光がまだ残っていて明るい空だった。

その空の下にはスカイツリーが見えた。坂の下にはバスが走りタクシーが走り、人が歩いていた。ビルの窓《まど》には、もう灯りがともっているところもあった。

犬のほえる声がした。自動車の走る音がした。子どもたちの笑いあう声がした。お母さんが子どもを呼《よ》ぶ声がして、雨上がりの街はまるで生きているように思えた。街が呼吸《こきゅう》しているように思えるのだった。

そうだ、ぼくの夢《ゆめ》はこの風景にしよう。この生き生きした街の風景がずっと続くこと、それがぼくの夢《ゆめ》。

家に着くとすぐに、絵の具を溶《と》いた。

虹《にじ》の色を忘《わす》れないうちに、一気に色をぬった。

空の色の不思議な青のグラデーションも、忘《わす》れないうちにぬった。絵の具を溶《と》くのがもどかしいほど、超特急《ちょうとっきゅう》でぬった。

次の日、首をもたげてぼくを見ているカーコに、

「待ってろよ」

と言いながら、朝からぼくは画用紙の前に座《すわ》った。

昨日《きのう》ぬった絵の具はすっかり乾《かわ》き、思っていた通りの虹《にじ》のいる空になっていた。

これからが大変というか、楽しい作業だっだ。昨日《きのう》雨上がりに見た街の風景を、描《えが》きこんでいくのだ。

油性《ゆせい》の細い黒のサインペンで、まずスカイツリーを描《えが》く。ビルやバスやタクシーを描《えが》きこんでいくと、虹《にじ》のある画面の上に、街は幻《まぼろし》のように浮《う》かび上がってくる。

そして最後に、最後にぼくは描《えが》いてしまったのだ。

首をすっくと伸《の》ばしたカーコが、一心《いっしん》に虹《にじ》を渡《わた》っていく姿《すがた》を。

二学期が始まって、みんなの「夢《ゆめ》」の絵が教室の壁《かべ》いっぱいに貼《は》られたとき、最初にカーコに気づいたのは吉田拓《よしだたく》くんだった。

ぼくに話しかけようとして吉田《よしだ》くんがふり向いたとき、すうっと、ぼくは目をそらした。

「やばい」

吉田《よしだ》くんがカメを飼《か》っているといううわさは聞いていたけれど、さすがだ。すぐに気づいてしまったらしい。

カーコの話をしたら、神様の池からさらってきたことがばれてしまう。カーコのことを自慢《じまん》したかったはずなのに、ぼくは、びくびくしていた。

十月になって壁《かべ》の絵がはがされたとき、ぼくは、ためいきが出るほどほっとした。

5

運動会が終わるころからだった。カーコのやつが、なんとなく元気がない。

板の間に置いてやっても、よたよた歩き、せつなそうにぼくを見上げる。

夕方、冷たい風が吹《ふ》いた。テレビで「木枯《こが》らし1号」だと言っていた。

カーコがいやに静かなので、のぞいて見るとダンボール箱のすみで丸まっていた。

寒くてふるえているようにも見えたので、ピンクのタオルをたたんで背中《せなか》にのせた。

朝になっても、餌《えさ》も食べずにタオルの下でじっとしたまんまだった。

「ヘビって、今ごろから冬眠《とうみん》するんだぜ」

「えっ、カエルとかカメも？」

給食のとき、だれかの話し声が聞こえた。どきっとしたぼくは、帰りの会が終わると走って帰った。

カーコはタオルにくるまって寝《ね》ていた。置いていった餌《えさ》を半分残したまんま。

カキッとカギを差しこみ、だれもいない家の玄関《げんかん》を開けるのは、やっぱりさびしかった。けれど、カーコがいるようになってからは、家に灯りがついているような気がした。

あいつが家で一人で待っているかと思うと、ぼくは超特急《ちょうとっきゅう》で走って帰っていた。ぼくの顔を見たとたん、うれしそうにかさこそ動き回るカーコの心を思うと、せつなくなって泣きそうになった。

家中の灯りのスイッチを入れ、炊飯器《すいはんき》のスイッチを入れてからが、二人の遊び時間だった。

そのカーコが元気がないのだ。今日もピンクのタオルの下で、ぐたっとしている。

お母さんが情報《じょうほう》を仕入れてきてくれた。

種類によって冬眠《とうみん》するカメとしないカメがいて、若《わか》いカメは目を覚ますことができるけれど、年取ったカメや体調の悪いカメは、春になっても目を覚ますことができないこともあるという。

冬眠《とうみん》って、カメにとって命がけのことなのだそうだ。

お母さんが病院の近くの公園で、ビニールのレジ袋《ぶくろ》に二つも落ち葉を拾ってきてくれた。日当たりのいい二階の部屋に広げて乾燥《かんそう》させた。家中に枯《か》れ葉《は》のにおいがするころ、やっとカーコの寝床《ねどこ》ができあがった。

ダンボールに少しだけ枯《か》れ葉《は》を入れてみると、かさこそと枯《か》れ葉《は》を抱《だ》くようにうずくまった。居心地《いごこち》がいいのだろうか。

明日こそ、冬眠《とうみん》させてやらなくっちゃ。


土曜日だった。小春日和《こはるびより》の暖《あたた》かな日だった。

庭の沈丁花《じんちょうげ》の根元の土を少しだけ掘《ほ》り、たっぷりと枯《か》れ葉《は》を敷《し》いた。それから、カーコをそっと置いた。

餌皿《えさざら》にカーコの好きなクッキーを入れ、カーコの鼻先に置いてやった。カーコは、じいっとぼくを見上げていたが、やがて疲《つか》れたように枯《か》れ葉《は》に身を横たえた。

ぼくはカーコの甲羅《こうら》の上に、ぱらぱらっと枯《か》れ葉《は》をのせた。重くならないように少しずつ少しずつ。

ダンボール箱にカーコはいなくなったけれど、春になれば目を覚ますと思うと、さびしくなかった。

雨の日にはビニール傘《がさ》をさしかけ、雪の日にはバケツをさかさまに置いて、カーコが目を覚ますのを待っていた。

けれど、沈丁花《じんちょうげ》の花が咲《さ》いても、いっこうにカーコは目を覚まさない。

「どうしちゃったんだろ。カーコのやつ」

とうとう三月になってしまった。

ぼくは気が気じゃなかった。

「調べてみて」

新聞の文字をさしながら、お母さんが言った。

啓蟄。むずかしい字だった。

〈けいちつ　冬ごもりをした虫たちが、あなから外に出るという意味。三月六日ごろ。〉と、辞書にのっていた。

なんだあ、あいつ。心配しなくたって、あと五日で目を覚ますんだ。

ダンボールをベランダでよく乾《かわ》かした。プールもよく洗《あら》い、水を入れればいいようにしておいた。

あいつの好きなシラス干《ぼ》しも買ってきた。

六日、いよいよあいつに会える日だ。

日曜日だったので、お母さんもいる。

日差しの暖《あたた》かな真昼、沈丁花《じんちょうげ》の隣《となり》の枯《か》れ葉《は》をそっと掘《ほ》りおこした。あいつを驚《おどろ》かさないように、そおっと。

こんなにしめっぽい枯《か》れ葉《は》の下で、カーコは一人でじっと春を待っていたのか。

とうとうカーコの甲羅《こうら》が見えた。

「会いたかったよ、カーコ」

甲羅《こうら》をそっと持ち上げる。

「あっ」

甲羅《こうら》の下にカーコはいなかった。何度見直してもカーコはいないのだ。カーコは甲《こう》羅《ら》だけ残して消えてしまっていたのだった。

カーコ、カーコと叫《さけ》びながら、周りの土を掘《ほ》ってみた。けれど、掘《ほ》っても掘《ほ》っても、どこにもカーコはいなかった。

裸足《はだし》のまんま、お母さんが家から飛び出してきて、ぼくを抱《だ》きしめた。

「ごめんねごめんね。カーコは若《わか》いからゼッタイ目を覚ますと思いこんじゃってたの」

お母さんの涙《なみだ》がぽとぽとぼくの頭の上に落ちた。

命がけって、こういうことだったんだ。

冬眠《とうみん》って、命がけだと聞いていたけれど、こういうことだったんだ。

カーコは命がけで、枯《か》れ葉《は》の下でじっと春を待っていたんだ。

6

話を聞いていたバッチャが、アマミヤくんの背中《せなか》をなでながら言った。

「つらかったねえ。よくがまんしたねえ」

アマミヤくんの腕《うで》の中でぐずぐずし始めたヘルマンを受け取ると、タクは水槽《すいそう》の中に入れた。

「カーコのこと、忘《わす》れようとしてる？」

バッチャが言うと、アマミヤくんはちょっとためらってから、

「うん」と言った。

「つらくっても、カーコのこと、忘《わす》れないでいてやってね。アマミヤくんが心の中にいるカーコを忘《わす》れちゃったら、カーコはさびしがるよ。

だって、カーコはもう、アマミヤくんの心の中でしか、生きられないんだもん」

長い沈黙《ちんもく》のあとで、

「わかった」

と、初めてアマミヤくんは、しっかりと顔を上げて答えた。

「子どものころ飼《か》っていた金魚とか、ネコのチーコとか犬のマルとか、今でも覚えているわ。思い出すたびに、あの子たちが生き返ってくる気がするの」

タクは、バッチャの中に住んでいるチーコやマルに会いたいなと思った。そして、思わずアマミヤくんに、

「あの絵、飾《かざ》ってある?」

と、聞いてしまった。

「ううん。丸めて机《つくえ》の上に置きっぱなしにしてる」

「虹《にじ》をよじのぼっていくカメ、ほんとにかわいかったよ。カメを飼《か》ってる人の絵だと思ったもん。目立つところに飾《かざ》ってやってよ」

「あらら、こんな時間」

テッちゃんもアマミヤくんも、あわてて立ち上がった。

「こんな顔した、すきっ腹《ぱら》の子を、だれもいない家に帰すわけにはいかないわ。そう

だ、おでん食べてかない？」

昨日《きのう》の夜のおでんだったけど、ほかほか湯気を立てたお鍋《なべ》が、でんとテーブルの上にのった。

「ぼく、ちくわぶ」

「ぼく、コンブ」

「コンニャクがいい」

部屋は一気に、給食の時間状態《じょうたい》。その間にバッチャは、テッチャンちに電話しておいてくれた。

「あのさあ、今度あの公園に行こうよ」

「神様に報告《ほうこく》しといでよ。心が軽くなると思うよ。いっしょに行くからさあ」

「カーコの友だちにも会えるんじゃない？」

「あのさあ、いっしょにサッカーやらない？」

テッちゃんが言った。

「えっ、いいの？」

「あったりまえよう。ずっと前から誘《さそ》おうと思ってたんだけど、家が遠いからさあ」

「うれしいなあ、ぼく。わくわくしてきた」

「月水金だよ。みどり公園って、知ってる？」

「もちろんさあ。みんなのプレー、のぞきにいったことあるもん」

「なんだあ。声かけてくれればよかったのに」

おなかがいっぱいになったとたん、三人はおしゃべりになっていた。

「はい。お母さんにお土産《みやげ》。汁《しる》はこぼれないようにしてあるからね。テッちゃん、悪いけど坂の下まで、いっしょに送ってってくれる？」


タクは思った。

（なんでぼくたち走ってるんだろう）と。

（走らなきゃいられない気持ちって、こういうことなのかな）と。

「じゃあな」

「ヘルマンにまた会いにきてね」

二人が手をふると、アマミヤくんは交差点を渡《わた》り、坂を上りかけてふり向いた。

「ありがとう。ありがとね」

大きく手をふると、あの急な坂をかけ上っていく。ランドセルが背中《せなか》で、ひょこひょこ踊《おど》っていた。

「次の練習、あさってだからなあ」

テッちゃんが叫《さけ》ぶと、アマミヤくんはまた大きく手をふった。

第四話　店のピンチとお正月

1

夏休みのことだった。バス停《てい》のそばにコンビニがあったのに、また二軒《けん》できた。

商店街では、今度はどこの店がつぶれるだろうかと、うわさしあっている。

吉田屋《よしだや》酒店にとってても、これはもう死活問題だった。コンビニには、ビールや発泡《はっぽう》酒《しゅ》、日本酒やワインまで並《なら》んでいるからだ。

毎晩遅《まいばんおそ》くまで、大人四人が対策《たいさく》を練っている。

ジッチャとバッチャが、先代から受《う》け継《つ》いだ店で元気に働いているから、パパもママも自分の仕事にがんばってこられたし、息子《むすこ》のタクをまかせっぱなしにできたのだ。

元気なのはヘルマンだった。

みんなが集まっているのがうれしいのか、水槽《すいそう》の中でしきりに動き回っている。

「ヘルマンは、のんきでいいよなあ」

タクは思わずためいきをついてしまった。

「上田《うえだ》って、真田丸《さなだまる》の上田《うえだ》でしょうか」

九月のことだ。ママくらいの女の人が、「上田《うえだ》の地酒《じざけ》『亀齢《きれい》』入荷」の貼《は》り紙《がみ》を見ながら言った。

「このごろ売れてる酒です。女の蔵人《くらびと》でして」

「えっ、上田まで見にいらしたんですか」

「地酒《じざけ》は、必ずその土地まで見にいきます。この目で確《たし》かめませんとね」

配達の電話が入った。あわててジッチャは出かけた。今度はバッチャの出番だ。

「このお酒って、さっぱりした肴《さかな》が合うんです。たたみイワシとか焼きノリとか」

「この間のチリの赤ワイン、おいしかったと夫が言うんですけど」

「これでしたよね」

「そうそう、このラベルでした」

「いつ生まれるんですか?」

「あと二カ月です」

「そんな大きなおなかで、重いもの持っちゃいけないよう。バス停《てい》の近くのマンションでしたよね。お届《とど》けします」

「だって、たったの一本なのに」

「なんのなんの。そのキャベツも大根も、いっしょに運びましょう」


「ダンワインって、ポルトガルのですか」

女子学生が二人、「ダンワイン入荷」の貼《は》り紙《がみ》を見ながら、店をのぞいた。

「夏休みにポルトガルに行ったんです。小説家の檀一雄《だんかずお》が、自分と同じ名前のワインを毎晩《まいばん》飲んでいたっていうので、あこがれて行ったんです。あっ、このラベルです」

「息子《むすこ》が出張《しゅっちょう》の帰りに、檀《だん》さんがどんな村に住んでいたのか、見てきたんです。風の強い海辺の、小さな村だったそうです」

「居酒屋《いざかや》　銀次郎《ぎんじろう》」のおじさんが来た。

ジッチャに、店に置くお酒の相談に来たのだ。

「東京の地酒《じざけ》『丸真正宗《まるしんまさむね》』なんか、東京のお客さんって、おもしろがるんじゃない？」

「吉田屋《よしだや》さんのおすみつきだもの、どの酒だって、安心してお客にすすめられるよ」

銀次郎《ぎんじろう》のおじさんは、ごきげんで帰っていった。


コンビニ対策《たいさく》が出ないまま、とうとう十月になってしまった。

「私《わたし》んち、サラリーマンだったから、結婚《けっこん》してびっくりしました。お店に置いてある商品に対して、すごく豊富《ほうふ》な知識《ちしき》を持っていらっしゃるし、商品への愛情《あいじょう》っていうか、自信を感じたからなんです」

とつぜんママが言い出したので、みんなきょとんとした顔でママを見つめた。

「あったりまえのことじゃん」

「ワイン一本だって配達してくれるサービスなんて、すごいと思います」

「あたりまえのことを、あたりまえにやってるだけなのにねえ」

「それって、すごいことだと思うんです」

お店は今のままでじゅうぶんだというママの言葉に、みんな、ほっとしたような、勇気をもらえたような気がしてくる。


十二月になったとたん、歳末《さいまつ》大売り出しののぼりが立ち、せわしい商店街になる。

四年生になったタクも、のんきにサッカーの練習をしていられなくなる。

冬休みに入る前に、自分の部屋の大掃除《おおそうじ》と年賀状《ねんがじょう》を書かなければならない。

大変大変、ヘルマンの水槽《すいそう》もだ。カメフードを一つの袋《ふくろ》にまとめると、水槽《すいそう》のまわりもすっきりした。いい気持ちでお正月を迎《むか》えさせてやりたいもんな。

年賀状《ねんがじょう》っていったって、たったの三枚《さんまい》。

一枚目《いちまいめ》はパパの妹、つまり花オバちゃん。出すか出さないかで、お年玉の額《がく》がちがってくる。二枚目《にまいめ》は保育園《ほいくえん》の先生。三枚目《さんまいめ》は担任《たんにん》の先生にだ。

「あけまして、おめでとうございます。

今年も、よろしくおねがいいたします。」

に、今年は二行書き足した。

「新しい家族ができました。

陸ガメのヘルマンです。」

丸い背中《せなか》のヘルマンの絵の下に、「吉田《よしだ》　拓《たく》」と書いたとたん、バッチャの声。

「イヌネコの先生にもだよ」


坂の下に「江戸屋《えどや》」という、女の人でにぎわっている店がある。千代紙《ちよがみ》とかポチ袋《ぶくろ》、封筒《ふうとう》や便箋《びんせん》、ハンカチや手拭《てぬぐ》い、張《は》り子《こ》のお面や招《まね》き猫《ねこ》を売っている店だ。

「あーら、タクちゃん、大きくなったわねえ」

大きくなったなんて、ガキみたいじゃん。もう、四年生だぜ。

かっこつけて言いたかったけれど、泣き虫だったタクの赤《あか》ん坊《ぼう》のころを知っている店のお姉さんには、ぺこりと頭を下げるしかなかった。

「頼《たの》まれていた手拭《てぬぐ》い五十本と、おまけ二本ね。のし紙が五十枚《ごじゅうまい》と、予備《よび》が五枚《ごまい》」

重いわよ。大丈夫《だいじょうぶ》？って言いながら、リュックに入れてくれた。

へっちゃらですと言ったとたんに、よろっとしてかっこ悪かった。


「やっぱりいいねえ、犬張り子《はこ》」

手拭《てぬぐ》いを広げながら、バッチャが言う。

「なんで、ざるなんかかぶってるの」

「ざるって、竹でできてるじゃない。犬の頭にざるをのせたら、笑うって字になる。

一年中、笑っていられるようにという、願いがこめられているのよ」

これからが大変。

手拭《てぬぐ》いを四つに折って、それから横に三つに折る。

「ゆっくりでいいからね。アイロンかけたみたいに、ペチャンコに折るのよ」

五十二本もだ。手の平が痛《いた》くなるほど、ペチャンコ折りにはげんだ。

それからがまた大変。

お年賀と印刷されたのし紙に、「吉田屋酒店《よしだや》」のゴム印を押《お》さなくてはならない。

「いいか。ゆっくりと心をこめてな」

ジッチャは言うが、ヘルマンがガサゴソ音立てるのも気になるほど、緊張《きんちょう》した。

五十五枚押《ごじゅうごまいお》し終えると、どっと疲《つか》れが出た。

でも、それからが、超《ちょう》大変だった。

手拭《てぬぐ》いをのし紙で包んで、セロハンテープで止めるのだ。

「文字が真ん中にくるようにね。ぐずぐずじゃなくって、きりっと気持ちよくね」

達成感って、こういうことをいうのかなと思ったとたん、大きなあくびが出た。

冬休み一日目は、テレビも見ないで寝《ね》てしまった。

そうだ、ヘルマンと思ったんだけど……。


お飾《かざ》りの出店は二十八日からだ。それまでに大掃除《おおそうじ》だ。

長靴《ながぐつ》はいてヤッケ着て、雑巾洗《ぞうきんあら》ってジッチャに渡《わた》すのが、タクの仕事だ。

「あーら、タクちゃん。がんばってるわね」

雑巾《ぞうきん》しぼりくらいで、近所のおばさんたちに言われるのも、なんだか恥《は》ずかしい。

「よっ、元気？」

久《ひさ》しぶりにテッちゃんに会った。大根やニンジンの入ったレジ袋《ぶくろ》を下げている。

「お正月を迎《むか》えるのって、大変だよな」

「サラリーマンちの子って、何してんだろ」

「アマミヤくんなんか、たいくつしてんじゃない？」

「たいくつなんて言葉、忘《わす》れてたもんな」

じゃあなで別れたけれど、街の人たちは、忙《いそが》しい忙《いそが》しいと愚痴《ぐち》らなくなった。

「忙《いそが》しいって、幸せなことなんよう」

と、だれかが言っていたけれど、店がつぶれず忙《いそが》しくやっていけるって、たしかに幸せなことなのかもしれないな。


ジッチャはオートバイで、一本二本のお届《とど》けにがんばる。

パパとタクは軽トラックで、居酒屋《いざかや》さんやレストランなどに配達だ。

バッチャがいつも着ている印ばんてんを、肩《かた》のところでぬい上げてもらってヤッケの上に着る。

「吉田屋《よしだや》」と白抜《しろぬ》きの紺《こん》のはんてんが、初めは恥《は》ずかしかったけれど、

「おっ、四代目。がんばってるね」

なんておじさんたちに言われると、なんだか誇《ほこ》らしい気分になってくる。

バッチャとママは、電話のお客とご来店のお客の対応《たいおう》で、てんてこまいだ。そのうえ、ちょっとでも時間があると、おせち料理やお正月の準備《じゅんび》で大変だ。

暇《ひま》なのは、ヘルマン一人。

遊びたくって、うずうずしているのに、どんなに暴《あば》れてもだれも相手をしてくれないのだ。観念したのか、うずくまったままでいた。

タクはときどき声をかけるのだけれど、ちろんとうらめしそうにタクを見ているだけで、うずくまったままでいた。

2

元日は休みたいのだけれど、年始回りのお客のためにママと店番。

「はい、おめでとうさん」

今年もご来店第一号のお客さまは、バッチャと仲良しの咲《さき》バアだ。

「今年もどうぞよろしく」

と言いながら、「お年賀」ののし紙のかかった手拭《てぬぐ》いをくれた。

吉田屋《よしだや》は、犬張《は》り子《こ》の柄《がら》の「お年賀」だ。

「まあ、八重《やえ》ちゃんの仕事はいつもていねいだねえ」

「これ、タクがやったんです」

「タクちゃんが？　ペチャンコにするのって、大変だったでしょ？」

うわあ、わかってくれる人、いたんだあ。

「あーら、ヘルマンちゃん、どうしたの。おとなしいじゃん。招《まね》き猫《ねこ》みたい」

レジの隣《となり》の、赤いタオルの上でうずくまっているヘルマンは、たしかに招《まね》き猫《ねこ》。

「カメって、縁起《えんぎ》がいいからさわらせてね」

甲羅《こうら》にさわられるのはきらいなはずなのに、ヘルマンはうずくまったまんまだ。

初詣《はつもうで》の人たちが、帰りに寄《よ》ってくれたりして、けっこう忙《いそが》しい。

十二時ちょうど、やっと全員そろってお雑煮《ぞうに》だ。

「いろいろあったけど、今年も元気でがんばろうね。ヘルマンもだよ」

ヘルマンはやっぱり、ちろんとみんなを見ているだけで、じっとしたまんまだ。

「ほら、タク。タクの好きな、伊達巻《だてま》きにキントン」

「里芋《さといも》の煮《に》っころがしもあるよ。ローストビーフも」

「お雑煮《ぞうに》のお餅《もち》は二つでいいの？」

いつものにぎやかなお正月だ。満腹《まんぷく》満腹、幸せ幸せ。

食べられるって、いちばん大切だよななんて思いながら、ヘルマンに餌《えさ》をやる。

おいしそうに食べ、出すものは出したが、いっこうに動こうとしないのだ。

「今度はジッチャが店番するよ。みんな休んどいで」

「タクは？」

「ヘルマンと遊んでから昼寝《ひるね》する」

廊下《ろうか》に出してやると、もぞもぞっと手足を動かす。でも、すぐに引っこめる。

「どうしちゃったんだよ。なんで、じっとしたまんまなんだよう。

招《まね》き猫《ねこ》になっちゃうよう。赤いタオルに座《すわ》ったままの人生なんて、つまんないよ。

ねえ、走ろうよう。走ろうってば、ねえったら」

無理に歩かせようとすると、鼻の奥《おく》でヒャッヒャッと音させていやがる。

足でも痛《いた》いのだろうか。心配で心配で、とうとう涙《なみだ》まで出てきた。

「やだよ、やだよ。歩いてったら、歩いてよう」

ジッチャが店からとんできた。タクはジッチャにしがみついて泣いた。

「しっかり食べているのにねえ。熱でもあるんかねえ」

ママもバッチャも言うけれど、もう心配で心配で体がふるえてきそうだった。

次の日、お正月の二日だというのに、イヌネコ先生は病院を開けてくれた。ジッチャがいっしょについてきてくれた。

「暖房《だんぼう》用の電灯はつけてあるし、思いあたらないんですよ」

「爪《つめ》が伸《の》びたんですよ、きっと」

「爪《つめ》？」

「しばらく歩かせなかったんじゃないですか？　だから爪《つめ》が伸《の》びちゃって、歩きづらいんでしょう」

ヒャッヒャッと鼻を鳴らしていやがるヘルマンの前足をつかむと、先生はパチン、パチンと音立てて爪《つめ》を切る。

よっぽどこわいのか、全身で抵抗《ていこう》している。先生は、そんなヘルマンをまったく無《む》視《し》して、前足の指の伸《の》びた爪《つめ》を全部切った。

ヘルマンは、机《つくえ》の上でくたっとのびている。

「帰ったら、後ろ足の爪《つめ》を切ってやってください」

「ええっ」

「ふだん使っている爪《つめ》切《き》りでかまいません。深爪《ふかづめ》しないよう気をつけてくださいね」

「深爪《ふかづめ》？」

「深爪《ふかづめ》すると、血が出ます」

ヘルマンの指を広げると、先生は、

「ほら、ここからが血管です」と、あたりまえのように言った。

よく見ると、とがった爪《つめ》の上のほうに血管が透《す》けて見える。

「あのう、ヘルマンの血って、赤いんでしょうか」

「やだなあ。緑色だと思ってたの？　人間と同じ、まっ赤な血です。甲羅《こうら》の中には、人間と同じように、肺《はい》だって心臓《しんぞう》だって、腸《ちょう》だってあるんです。心だってあります。あんなに、爪《つめ》を切るのをこわがっていたでしょう？　爪《つめ》が伸《の》びれば、歩けないって、信号だって出します。ヘルマンも、私《わたし》たちと同じ、生きてる仲間です」


帰る途中《とちゅう》、テッちゃんに会った。

「初詣《はつもうで》？」

「イヌネコ先生んとこ。爪《つめ》が伸《の》びちゃってさ、歩けなくなっちゃったの」

「へえっ、ネズミと同じだね」

「ネズミも？」

「歯とか爪《つめ》とか伸《の》びちゃうと困《こま》るらしいよ」

そうかあ、ネズミもヘルマンも同じだったんだ。

「タクちゃんも大変だね、いろいろと。でもさあ、飼《か》い主《ぬし》って、責任《せきにん》あるもん。ヘルマンの人生に対してさあ」

そうなんだ。自分が悪かったんだ。どんなに忙《いそが》しくたって、ヘルマンを廊下《ろうか》に出して、遊ばせてやらなくっちゃならなかったんだ。

ほったらかしにしていたなんて、かわいそうなことしちゃったなあ。

泣きたいのは、ヘルマンのほうだったのにな。

初荷《はつに》が十本、届《とど》いていた。元旦《がんたん》そうそうにしぼった、新潟《にいがた》の日本酒だった。

ジッチャはさっそく、「津川《つがわ》の『初しぼり』入荷」の貼《は》り紙《がみ》をした。

「狐《きつね》の嫁《よめ》入りの津川《つがわ》のですか」

初荷第一号のお客さんは、秋にＳＬばんえつ物語号に乗ったという、鉄道ファンのあの学生さん。

「津川って、狐《きつね》の嫁入《よめい》りの行列で有名なの。花嫁《はなよめ》も花むこも、張《は》り子《こ》のキツネのような化粧《けしょう》をしてね。嫁入《よめい》り道具をかつぐ村人たちも、キツネの顔をしてねり歩くんだ。夜になると、ちょうちんに灯りをともしてねり歩くんだよ」

初荷の赤いのぼりが、ゆらゆらゆれているのを見ながら、タクは思った。

「おとぎ話みたい」と。

今年の商店街は、初荷とか初売りののぼりを立て、二日から店を開けている。年中無休のコンビニに負けていられないからだ。

初詣《はつもうで》の帰りに寄《よ》る子どもたちのために、肉屋さんはコロッケを売っている。歩きながら食べられるように、紙に包んで。

果物屋さんは店先でしぼるフレッシュジュース。和菓子屋《わがしや》さんはみたらし団子。居《い》酒屋《ざかや》さんは焼き鳥。八百屋さんは焼《や》き芋《いも》を売り、まるで縁日《えんにち》みたいだ。

ヒャッヒャッといやがるヘルマンを、タクはぐっと押《お》さえた。

ジッチャはおでこにびっしょりと汗《あせ》をかいて、パチンとヘルマンの爪《つめ》を切る。

するどくとがった爪《つめ》がはじけるたびに、タクはどきっとした。

爪《つめ》を切り終えたジッチャは、初めて、ふうっと息をついた。

ヘルマンは、しばらく廊下《ろうか》にうずくまっていたけれど、目の前にチップボールを置くと、ちょちょっと手を出した。そして、いつものように突進《とっしん》した。

「やったね！」

お正月二日目の午前は、こうして終わった。

「初荷、初売りとくれば、次は書き初《ぞ》めね。タク」

思い出したくないことを思い出させてくれたのが、バッチャだ。

「どっちでもいいって、先生が言ってた」

お手本の「はつゆめ」と「初夢《はつゆめ》」を広げる。

パパとママは年始回りに、バッチャは咲《さき》バアと初詣《はつもうで》に出かけてしまった。

やるかあと、ジッチャが立ち上がった。

「正月らしい気持ちが大切。半紙からはみだすくらい、元気いっぱいにな」

漢字はむずかしそうだから、ひらがなにした。

「一筆書きを書くようにな。手先でなく、体全体で書くようにな」

空中に十回、リズムをつけて書いた。

たっぷりと墨《すみ》をつけて、フリーハンドで大きな○を十個《じっこ》書いた。

いよいよ本番「はつゆめ」だ。

「よーし!」

なんと一発で合格《ごうかく》。


バッチャが帰ってきた。お土産《みやげ》は風車《かざぐるま》だ。

「いい風が吹《ふ》いてきますようにっていう、願いがこめられてんのよ」

画鋲《がびょう》でとめてある「はつゆめ」を見ながら、力作じゃんかと言う。しばらくして、

「あのおナス、初夢《はつゆめ》のことだったんじゃない」と言った。

吉田屋《よしだや》一家では、咲《さき》バアのお年賀の手拭《てぬぐ》いが問題になっていた。手拭《てぬぐ》いに、ジッチャの親指くらいのナスが、たくさん描《えが》かれていたからだ。

「そうかあ。一富士《いちふじ》、二鷹《にたか》、三茄子《さんなすび》のナスだったんだ」

富士見坂《ふじみざか》って近くにあるくらい、美しい姿《すがた》の富士山《ふじさん》は、初夢《はつゆめ》にふさわしい。

鳥の王様・鷹《たか》っていうのも、縁起《えんぎ》がよさそうだし。

徳川家康《とくがわいえやす》って、鷹狩《たかが》りが好きだったらしいし、乗馬も好きだったみたい。

「おナスも好きだったのよ、きっと。ナスにむだ花がないっていうじゃない。咲《さ》いた花が、むだなく全部実になるってステキ」

「子孫繁栄《はんえい》ってこと？　それって、みんな元気で長生きするってこと？」

「平凡《へいぼん》だけど、平和に毎日が過《す》ごせるって、庶民《しょみん》にとって夢《ゆめ》だったんじゃない？

ナスって、どんな料理にも合うし、融通《ゆうずう》のきく野菜だし……」

わかってみると、咲《さき》バアの「初夢《はつゆめ》」のナスが、とても大切なものに思えてくる。

ヘルマンが廊下《ろうか》を走り回っている。

「こいつって、夢《ゆめ》なんか見ることあんのかなあ」

「ヘルマンの初夢《はつゆめ》って、しっかり食べて、しっかり遊ぶことなんじゃない？」

しっかり食べて、しっかり遊ぶなんて、自分と同じだと思った瞬間《しゅんかん》、イヌネコ先生の言葉が頭をよぎった。

「みんな同じ、生きてる仲間です」という、あの言葉が。

「パパやママのこと、夢《ゆめ》見たりすることあんのかなあ」

「ばっかだねえ。卵《たまご》で生まれたヘルマンが、親の顔、知ってるわけないでしょ。ヘルマンにとって、親はタクなの。タクなのよ」

ヘルマンには、テッちゃんやアマミヤくんのような友だちもいないし、バッチャやジッチャもいないんだ。

自分が、親にも友だちにも、バッチャやジッチャにも、なってやらなくっちゃならないんだと、タクは強く思った。

第五話　食べざかり

鉄道ファンのあの学生さんが、大きなリュックをしょって店に寄《よ》った。

「フランスに行ってたんです。バイヨンヌからの鉄道の旅でした。ピレネー山脈《さんみゃく》のふもとを行くローカル線でね。古いお城を左手に見ながら、ポーという駅に停車《ていしゃ》したんです。なんだか急にその古城が見たくなって、降《お》りちゃいました。

十六世紀《せいき》のフランスの王様、アンリ四世のお城だった。アンリ四世のゆりかごが展《てん》示《じ》されてたよ。ウミガメの甲羅《こうら》でできたゆりかごが。フランスでも、カメは長寿《ちょうじゅ》の象徴《しょうちょう》なんだって。王様の長寿《ちょうじゅ》を願って、ウミガメのゆりかごに寝《ね》かせてたんじゃないかな」

「どのくらいの大きさ？」

「このくらい」

学生さんは、両腕《りょううで》で大きな輪を作った。

「そのくらいだったら、百年くらい生きてたんだよ、きっと。ヘルマンは最大で三〇センチ。三十年生きるんだよ。イヌネコ先生に教わったもん」

「帰国記念の日本酒がほしいんだって？　こんなのどう」

ジッチャが手にしているのが、旭川《あさひかわ》のお酒。大雪山系《たいせつざんけい》の伏流水《ふくりゅうすい》で造《つく》ったというやつだ。

バッチャがあわてて、台所から出てきた。

「すきっ腹《ぱら》で飲んじゃいけないよ。はい、梅干《うめぼ》しのおむすびとキュウリのお漬物《つけもの》」

学生さんは、ポー城の写真を見せてくれた。

「ずいぶん殺風景《さっぷうけい》なお城」

「やだなあ、タクちゃん。おとぎの国のお城とか、考えてたんじゃない？」

余分な飾《かざ》りつけは一つもなかった。攻《せ》めてくる敵《てき》に備《そな》えて、ただただがんじょうに造《つく》られたお城だった。

「国境《こっきょう》に建てられたお城だもの、お城がやられちゃったら国も滅《ほろ》んじゃうってこと。必死でお城を守ってたんだろうね」

「命がけだったんだね」

「室内の撮影《さつえい》は禁止《きんし》されていたので、ウミガメのゆりかごは写せなかったんだ」

「ザンネーン。でもさあ、アンリっていう王様も、国を守るっていう重大な責任《せきにん》を負わされていたんだろうね」

抱《だ》いていたヘルマンが、もぞっと動いた。甲羅《こうら》をなでながら学生さんが言った。

「この子って、ずいぶん大きくなったんじゃない？　甲羅《こうら》だって、こんなにしっかりしてきたし。ポー城と同じように、自分で自分をしっかり守ろうとしてるんだろうね」

「あんな、錠剤《じょうざい》みたいなペットフードなのにさあ」

「散歩とか、させてんの？」

「鎌倉《かまくら》の海岸を、一度歩かせただけ」

「浮世絵《うきよえ》の本を見ていたら、男の子がカメを散歩させてるのがあったよ」

「浮世絵《うきよえ》って、江戸《えど》時代？」

「そう。イヌみたいにひもつけてたよ。首じゃなくって、おなかにね。江戸《えど》時代って、カメをペットにしてた人、多いんだって」

「えっ、ほんとう？　どんなカメ、飼《か》ってたの」

「日本固有のカメっていったら、イシガメ。でもこのごろ、外来種のカメが多くなっちゃたからなあ」

「もしかして、ミドリガメのこと？」

「よく知ってたねえ。ミドリガメが増殖《ぞうしょく》したことと、開発が進んだことで、イシガメの生息地がおびやかされているんだって。新聞に、イシガメが九八万匹《びき》で、なんとミドリガメが三〇〇万匹《びき》って出てたよ」

外来生物が日本を侵略《しんりゃく》しているって、やっぱりほんとうだったんだ。


タクはジッチャと、ヘルマンを連れて公園に出かけた。

「迷子《まいご》になったら、一生、家にもどれないから、気をつけような」

ジッチャはヘルマンを、そっと砂場《すなば》に下ろした。

砂場《すなば》には、歩き始めたばかりらしい男の子が、お母さんと遊んでいた。

男の子は、目をまん丸にしてヘルマンを見つめる。

ヘルマンは砂場《すなば》のすみに全力疾走《しっそう》。すごい勢《いきお》いで砂《すな》を掘《ほ》り始めた。前足の指をスコップのようにして、砂《すな》をかき出すのだ。

またたく間に穴《あな》ができた。

その穴《あな》にすっぽり体を沈《しず》めると、やっとヘルマンは静かになった。

そんなヘルマンを、男の子は口を開けたまま見ている。きっと自分も同じ顔して見ているんだろうなとタクは思った。

そして、天敵《てんてき》に襲《おそ》われそうになったとき、こんなふうに土や枯《か》れ葉《は》をかき分けて、体をかくすんだろうなとも思った。

満足したのかヘルマンは、砂場《すなば》から出て歩き始めた。

タンポポの花の前で立ち止まる。しばらくにおいをかいでいたヘルマンは、くしゃっと茎《くき》を食いちぎった。そして花から、むしゃむしゃと食べてしまった。

「野性《やせい》にめざめちゃったんだ。公園中のタンポポがやられちゃうぞ」

タクはあわてて、ヘルマンをバッグに入れた。


ヘルマンの家が小さくなった気がする。チップでできた家からお尻《しり》を出して寝《ね》ている。

「甲羅《こうら》がつっかえて、家に入れないんじゃないか」

とパパが言うので、新しい家を買いにいくことになった。

日曜日のせいか、あの体育館みたいな大きな店はにぎわっていた。

「ヤドカリみたいだね。甲羅《こうら》に合わせて家を替《か》えていくとこがさあ」

タクが三十すぎのおじさんになったとき、水槽《すいそう》もチップの家もずっと大きくなり、出たり入ったりしているヘルマン。あいかわらず自己《じこ》チューで、ペッペッとやっているんだろうなあ。

ヘルマンは新しい家が気に入ったのか、入ったきりなかなか出てこない。

算数の宿題を終え、水槽《すいそう》を見てびっくりした。ヘルマンがこっちを向いて座《すわ》っていたからだ。いつもは頭から家に突《つ》っこんで、お尻《しり》をこっちに向けたままだったのに、なんとあいつは方向転換《てんかん》している。くるりと向きを変える術《すべ》を手に入れたってわけだ。

「すごいな、ヘルマン」

ばっちりあいつと目が合った。とたんに家からとび出し、どたんばたんと暴《あば》れまくる。おなかがすいたの合図。ほんとに自己《じこ》チューなやつだと思う。けれど、暴《あば》れることでしか自分の思いを伝えられないヘルマンが、とてもいとおしく思えてくる。ペットフードの袋《ふくろ》をガサゴソさせていると、待ちきれず走りまわっている。

このごろ、やけにおなかがすく。

バッチャの顔さえ見れば、ハラヘッタハラヘッタ、ナンカナイ、ナンカと言っている。

今日も店のガラス戸を開けながら、つい、ハラヘッタと言ってしまった。

「やだねえ、この子は。お行儀《ぎょうぎ》の悪い」と、しかられる。

店にはお客が二人いた。タクはあせってぺこりとあいさつする。

「まあ、タクちゃん。大きくなったことねえ。育ちざかりなのね」

「あのおチビちゃんがねえ」

タクは、チビと言われるのがいやだった。

早生まれのタクは、たしかにチビだった。でも、お客さんの言う通り、たしかに背《せ》が伸《の》びた気がする。クラスで前から一番前か二番目だったのに、今じゃあ七番目だ。

人生の中で、こんなこと初めてだ。

テーブルの上のタクのお皿に、みたらし団子《だんご》が二本のっている。

「やったね。いただきまーす」

「手ぇ、洗《あら》ってからよ」店からバッチャの声がする。

食べ終わってからそのまま、一階で宿題をするようになった。二階の自分の部屋に行ってしまうと、ベッドにひっくり返り、マンガを見たり本を読んだりしちゃうからだ。

ヘルマンの走りまわる音や、バッチャやジッチャの話し声が聞こえる居間《いま》でやるほうが、はかどる気がする。

夕食の支度《したく》が始まる。野菜を刻《きざ》む音がする。肉ジャガかな、野菜いためかな。

ヘルマンの足がふと止まった。台所に向かって鼻をひくひくさせている。

ヒャッヒャッと鼻を鳴らす。

「キュウリがほしいんだって」

「ほんとかねえ。この子は、チンゲンサイ以外ペッペッなのにさ」

バッチャは、薄《うす》く輪切りにしたキュウリを手の平にのせ、廊下《ろうか》に座《すわ》った。

早くよこせとヘルマンは、ヒャッヒャッと鼻を鳴らす。

ヘルマンはガバッとキュウリをつかむと、ショリショリかじる。皮がかたそうなので、五センチくらいに切ったキュウリの皮をむき、縦《たて》に薄《うす》く切ってくれた。

ゆっくり食べればいいのに、しっかりと両手で押《お》さえ、おいしくってたまらんとい
う顔で、ショリショリする。

「うまそうに食ってるなあ」

のぞきにきたジッチャが言う。しばらく見ていたが、

「待てよ。キュウリって、カリウムが入ってるんじゃなかったっけ。カリウムって、
カルシウムをとかしちゃうんじゃなかったっけ」

と、つぶやいた。

「やだ。それって、甲羅《こうら》が薄《うす》くなっちゃうってこと？」

タクはむりやりキュウリを取り上げた。バッチャは急いでミニトマトを持ってきた。

ヘルマンはミニトマトの皮が苦手らしい。

「まあ、世話のやける子だねえ」

皮をむいて廊下《ろうか》に置くと、ちょちょっとトマトを転がし、やおら、がぶっとやった。

鼻の頭に汁《しる》とか種とかくっつけて、チュルチュルやっている。

両手でトマトを抱《かか》え、後ろ足をそろえてぐいんと伸《の》ばし、ぺたっとおなかを廊下《ろうか》にくっつけて、チュルチュルやっている。

スーパーマンが空を行くみたいだ。

「こんなスーパーマンポーズ、初めて見た。よっぽど、うまいんだね」

「この子も育ちざかりなのね。タクそっくりだもの」

自分たちがおなかがすいているのも忘《わす》れ、ヘルマンの食べっぷりに見とれていた。

汁《しる》でべとべとになった顔や手足を拭《ふ》き、廊下《ろうか》を拭《ふ》き終わって「七時だよ」なんて言っているバッチャのひざに、なんとあいつはすり寄《よ》っていく。

「この子が、こんなことやったの初めて」

バッチャはうれしそうに、ヘルマンを抱《だ》き上げた。

「露地《ろじ》ものって、ハウスものより、香りが強いのかしらね」

ヘルマンが、なんでいつもよりキュウリのにおいに敏感《びんかん》だったか、不思議だった。

露地《ろじ》ものが出まわる季節になったからだろう、ということで落着した。

「あの子って、幸せもんかもしれない。キュウリが食べたいと気づいてもらえたり、頭突《ずつ》きの意味がわかってもらえるやつが、そんなにいるとは思えないもの」

パパがそう言ったので、みんなはいっせいに水槽《すいそう》を見た。

あいつがごそごそっとした。

自分が話題になっているのがわかったらしい。

「タクってさ、みんなにかわいがられて、それが当たり前みたいに思ってるとこがあったじゃない。でもこのごろ、かわいがるってこと、わかってきたんじゃない？」

ヘルマンていう、守らなければいけないものがいて、人にやさしくなれるようになったみたい、とママが言うのだ。

言われてみると、サッカーの練習のとき、いつもみんなのあとから走っている、甘《あま》ったれの自分だった。でもこのごろ、自分から考えてちゃんと走れるようになった気がする。ドリブルの下手な子に、教えたりできるようにもなった。

「背《せ》が伸《の》びてきたし、たくましくなってきたもんな」

ジッチャがうれしそうに言った。

第六話　鬼《おに》のカクラン

1

保育園《ほいくえん》のときから四年生まで、タクは一度も休んだことがなかった。

チビだけれど元気というのが、大人たちのほめ言葉だった。

「鬼《おに》のカクランかねえ」

バッチャの声がする。

鬼《おに》って、ぼくのこと？　カクランって？

だれかが冷たい指先で、ぼくのほっぺたをくすぐっている。

「タクちゃん、タクちゃん」

こんな透《す》き通るような声で呼《よ》ぶのはだれ。

天使の声って、こんな声なのかなあ。

「タクちゃん、タクちゃん」

またまだれかが呼《よ》んでいる。

ヘルマンだ、ヘルマンだ。ヘルマンののどにある栓《せん》が、ポンッと抜《ぬ》けたんだ。

よかったね、ヘルマン。声が出るようになったんだね。


「だいぶ熱が下がったんだけど、まだつらいのかねえ」

バッチャの声がまたした。

「ヘルマンったら、タクのほっぺたなめたりして」

だれかの冷たい指先だと思っていたけど、ヘルマンの小さな頭だったんだ。

天使の声だと思ったあの声は、ヘルマンの心の声だったんだ。

「ハラヘッタ」

「やだねえ。熱が下がったとたん、ハラヘッタだもんねえ」

「くず湯とスポーツドリンクだけなんだもん」

今年のインフルエンザは、すごい。

タクのクラスも隣《となり》のクラスも、学級閉鎖《へいさ》になってしまった。チビだけれど元気なタクも、あのテッちゃんもアマミヤくんも、そろってダウン。

学級閉鎖《へいさ》にあこがれていたんだ。どうどうとずる休みできるみたいで。

ところが、苦しいし、だれにも会えないし、おもしろくもなんともなかった。


ヘルマンの声を聞いたからだろうか。

テニスボールを半分に切ったくらいの姿《すがた》で、家にやってきたヘルマンのことが、思い出されてならない。

あんな小さな生き物が加わっただけで、家の中が驚《おどろ》くほど変化した。

すぐそばにヘルマンがいる。

食事のときも宿題をやっているときも、いつもそばにヘルマンがいた。

「やあねえ、タクったら」

バッチャがジッチャと顔を見合わせて笑った。

「タクが生まれたときも、そうだったのよ」

「あくびしても、もごもご動いてもなあ。泣いても笑っても、ミルク飲んでても、何をしてても、うれしくってなあ」

ジッチャが目を細めて言う。

自分も、そんなふうに見られていたのかと思うと、幸せな気分になってくる。

テッちゃんもアマミヤくんも、そうだったのかな。クラスのみんなも……。

学級閉鎖《へいさ》がとけて、いよいよ明日から学校だ。インフルエンザはつらかったけど、なんだかいろいろと考える時間をもらったような気がする。

2

学校の帰りだった。テッちゃんと歩いていると、赤い自転車が来て止まった。

「そろそろ、健康診断《しんだん》じゃない？」

イヌネコ先生だった。

さっそくヘルマンをバッグに入れた。

あいつは疑《うたが》わしそうな顔で、ちろっちろっとタクを見ている。

「いっしょに行っていい？」

「いいにきまってるじゃん」

テッちゃんも行ってくれることになった。

診察台《しんさつだい》の上でヘルマンは、みんなの顔を見ているような見ていないような目で、じっと様子をうかがっている。

そんなヘルマンを見ながら、先生が言った。

「いつも思うんだけど、この子って爬虫類《はちゅうるい》なのに、なんとも表情《ひょうじょう》が豊《ゆた》かで、おもしろい子だねえ」

ほかのカメのことは知らないので、へえ、そうなんだと思うほかなかった。

「いい甲羅《こうら》してるね。よーし」

ぽんと先生は指先で甲羅《こうら》をはじく。ヘルマンは、ぎろっと先生をにらんだ。

「甲羅《こうら》って、雲母《うんも》みたいっていうか、爪《つめ》が重なってるみたいに見えるんだね」

テッちゃんが、やさしく甲羅《こうら》をなでた。

「つやがあるってことは、栄養がいいってこと。健康だっていうこと」

「よかったね。先生にほめられちゃったよ」

「あれっ、ヘルマンって歯がないの？」

テッちゃんが目をまん丸くする。

「海ガメは危険《きけん》を察知すると、すぐに海に逃《に》げこむことができる。でもね、陸ガメのこの子は、甲羅《こうら》をなるべく強くして、自分を守らなくてはならないんだ。だから、歯のカルシウム分まで、甲羅《こうら》に回してるってわけだ」

「食べるときって、困《こま》らないんですか」

「安心して。ほらっ、鳥のくちばしみたいに、口のまわりが硬《かた》くなっているだろう？」

「すごいな、ヘルマン」

「カメって、三畳紀《さんじょうき》という大昔の時代から、ほとんどこの姿《すがた》を守ってるそうだよ」

「進化してないんだあ」

「散歩に連れてってるかい？」

「鎌倉《かまくら》の海岸と、公園に一回だけ行きました」

公園の砂場《すなば》で、モグラみたいに砂《すな》を掘《ほ》っていたこと、タンポポの茎《くき》を食いちぎり、花をむしゃむしゃ食べていたことを報告《ほうこく》した。

「土を見たら掘《ほ》りたくなるのは、この子の本能《ほんのう》みたいなものだけれど、砂《すな》とか土を食べて、土のミネラルを吸収《きゅうしゅう》してることでもあるんだ」

「えっ、土も食べちゃうんですか」

「大丈夫《だいじょうぶ》。不必要な分は便として出してしまうし、便秘予防《べんぴよぼう》になるんだ」

「教わったわけでもないのに、すごいよね」

思わずテッちゃんと顔を見合わせてしまった。

「散歩の回数、もっとふやしたほうがいいよ。日の当たるところでね。日光浴ってやつさ。甲羅《こうら》の発育にもいいし、消化の助けにもなるからね」

「あのう、タンポポの花、食べちゃうんです」

「タンポポの花には、蛋白質《たんぱくしつ》がたくさん含《ふく》まれていて、栄養価《えいようか》が高い。この子は視《し》

力《りょく》はあるけど、目線が低いの。タンポポくらいしか自分じゃ食べられないんだ。この子が食べたくらいで、タンポポが根絶《ねだ》やしになったりしないさ。好きなだけ食べさせてやって」
先生は、アルプスに住む、リスの仲間マーモットの写真を見せてくれた。
アルプスでは、六月ごろタンポポがいっせいに開花する。レシチンという脂質《ししつ》もたっぷり含《ふく》んだ花は、冬眠《とうみん》する前のマーモットにとって、貴重《きちょう》な餌《えさ》になる。
北海道のクマも、夏の食料としてセリ科の花を食べるそうで、いっしんに食べている写真もあった。

「ヘルマンて、食べ物に好ききらいある？」

「あるある、すっごくある」

　テッちゃんが答えてくれた。

「先生、こいつって、すっごいわがまま。気に入らないと、ぷいって横向いちゃう」

「嗅覚《きゅうかく》や味覚がするどいからね。自分にとってよい食べ物かどうか、新鮮《しんせん》なのかどうか、しっかり確認《かくにん》してるんだから、ほめてやらなきゃ」

　そうだったのか。自己《じこ》チューなんてののしっちゃって、悪いことしちゃったな。

「バナナ、リンゴ、イチゴ、サラダ菜、長芋《ながいも》なんかも食べるんだよ」

「プチトマト大好き。スーパーマンポーズやりながら、ちゅるちゅるってやるの」

「スーパーマンポーズかあ。この子のごきげんなポーズなんだね。

　梅雨どきには、日光浴させられないから、ペットショップで紫外線《しがいせん》ランプを買ってやるといいよ。カルシウムやビタミンDとかも売ってるし」

　テッちゃんがくすくすっと笑った。

「ほんとに世話のやけるやつだよな」と。

疲《つか》れちゃったのかヘルマンは、バッグの中で熟睡《じゅくすい》している。

「体重が一〇〇グラムもふえているんだって。健康優良児《ゆうりょうじ》だって」

「二人にそっくりじゃない」

テーブルに二本、焼《や》き芋《いも》が待っていた。

そして、

「ハラヘッタちゃんたち、ごくろうさまでした」

「ゆっくりお食べったら。のどにつっかえるよ」

と言いながら、バッチャはウーロン茶を入れてくれた。

「いつもつきあってくれて、ありがとう」

「ううん。うちは家じゅう動物が好きなんだけど、健ニイがぜんそくだから飼《か》えないんだ」

抜《ぬ》けた毛とかが、よくないんだそうだ。

「そう言ってくれると、心が軽くなるよ。ほんとに、ありがとう」

バッチャが何度も頭を下げた。

散歩作戦を練った。ヘルマンが速く歩くようになったので、迷子《まいご》にさせない作戦だ。

散歩させながら、考えていくことになった。

第七話　〃無理無理のタク〃ちゃん

日曜日の朝だというのに、店先が騒《さわ》がしい。

オヤッサンが、バイクのエンジンをふかしているところだった。

後ろにテッちゃんが乗っている。耳もあごもしっかり押《お》さえたヘルメットをかぶって。

「しっかりつかまってくんだよ」

テッちゃんの耳元でバッチャが言った。

大きくうなずくと、テッちゃんは得意《とくい》そうにタクを見た。

「いいないいいな」

走り去っていくバイクを見送っていると、

「無理無理」

と、必ずバッチャが言う。

タクが早生まれなのがよくなかったんだ。四月十日に生まれたテッちゃんがよちよち歩き始めたころ生まれたのがタク。あと一週間で四月になる、三月二十四日だ。タクがよちよち歩き始めたころ、テッちゃんは走り回っていた。

タクが走り回るようになると、テッちゃんは三輪車に乗っていたんだ。

三歳《さい》になって、ふじみ保育園《ほいくえん》に入園した。同じ年少組なのに、早生まれと遅《おそ》生まれの差は一目でわかったという。周りからはお兄ちゃんと弟のように見えたからだ。

三十分もしないでバイクが帰ってきた。空模様《もよう》が怪《あや》しくなってきたからだという。

「いいないいいな」

バイクをなでながらタクが言うと、

「〝無理無理のタクちゃん〟だもんな」

ヘルメットを脱《ぬ》ぎながらテッちゃんが言った。

「なんだよ、〝無理無理のタクちゃん〟て」

「だって、バッチャン子のタクちゃんは、いつも無理無理って言われてるじゃん」

タクは、かちんときた。

意気地《いくじ》なしの自分が〝無理無理のタクちゃん〟と言われても、しかたがないかもしれない。でもバッチャン子と言われると、バッチャがばかにされているようで悔《くや》しかった。

「なんだよ、自分だってファザコンのくせに」

テッちゃんは脱《ぬ》いだヘルメットを乱暴《らんぼう》に地面に置くと、声を荒《あら》らげて言った。

「どういう意味だよ、ファザコンって」

「ファザコンはファザコンだよ。なんでも、オヤッサンオヤッサンのくせに。立派《りっぱ》にファーザーコンプレックスじゃんか」

気がついたら二人は取っ組み合っていた。

どっちが上だか、どっちが下だかわからない勢《いきお》いで、

「なんだよ、馬鹿《ばか》」

「そっちこそ、馬鹿《ばか》じゃんか」

と、なぐり合っていた。

「男って、そうやって大きくなっていくもんだ」

ジッチャもオヤッサンも、にやにやしながら見ている。

「おやめったら、ほんとにもう。イヌのけんかじゃあるまいし」

バッチャに引きはがされた二人は、ありったけの声で泣き始めた。

「何やってんだか。せっかくの日曜日だっていうのに」

ママが出てきて、二人の服の土ぼこりを、バシバシとはらった。

「さっ、二人とも、顔洗《あら》ってらっしゃい。おでこのすり傷《きず》んとこ、念入りにね」

洗《あら》っても洗《あら》っても、涙《なみだ》はあとからあとから出てきた。

泣きながら二人にはわかっていたのだ。言ってはいけないことを言ってしまった悔いが、洗《あら》っても洗《あら》っても洗《あら》いきれないのだ。

チビで何をやってもとろいタク。そんなタクを、昼間パパとママからまかされているバッチャは、けがさせないように風邪《かぜ》引かせないように、いつも注意してきた。

それで、つい「無理無理」が出てしまうのだ。

それが、テッちゃんにはうらやましかったのかもしれない。


テッちゃんにも、菊《きく》ちゃんというバッチャがいた。

タクのバッチャ、八重《やえ》ちゃんと大の仲良しだった。テッちゃんは菊《きく》バアと、タクは八重《やえ》バアと手をつなぎ、いつもいっしょに、ふじみ保育園《ほいくえん》に通っていたのだ。

テッちゃんには、健太という兄ちゃんがいる。健ニイはとても活発な子で、商店街の人気者だった。健ニイが四歳《さい》のとき、風邪《かぜ》を引き咳《せき》がなかなか止まらなかった。

朝早く、ジッチャが店のガラス戸を開けていると、オヤッサンが健ニイを抱《だ》いて走っていく。裸足《はだし》で走っていくオヤッサンのあとを、すみれさんが走っていく。ジッチャもサンダル持って追いかけた。行き先はスギモト医院に決まっている。

夜が明けるころ、せきこみがひどくなる。くちびるが紫色《むらさきいろ》になるほど苦しみ始めた。救急車《きゅうきゅうしゃ》を呼《よ》ぶよりは自分が走ったほうが速いと、オヤッサンはパジャマのまま飛び出した。

酸素吸入《さんそきゅうにゅう》されると健ニイは、やっと血の気を取りもどす。

先生は、小児《しょうに》ぜんそくだと言う。二人はスギモト先生にしがみついた。

「助けてください。先生、助けてやってください」と。

点滴《てんてき》された健ニイは、朝方の苦しみがうそのように、呼吸《こきゅう》できるようになった。

先生は、力強く言ってくれた。

「大丈夫《だいじょうぶ》。絶対《ぜったい》に治るから、大丈夫《だいじょうぶ》」と。


あと二年で小学生になる健ニイを、なんとしてでも治さねばと思うものの、オヤッサンには店の仕事がある。すみれさん中心にがんばるっきゃない。

困《こま》ったのが、テッちゃん。二つ年下のテッちゃんは、健ニイが大好き。歩き始めたころから、健ニイのあとを追いかけ回している。健ニイを安静にさせなければならないときにも、「あそぼあそぼ」と、ベッドによじのぼってくる。

健ニイも、もともと活発な子なので、じっとしてはいられない。すみれさんがちょっとでも目を離《はな》すと、二人は部屋の中をかけ回っている。

テッちゃんには、なんで遊んじゃいけないのかわからない。泣くしかなかった。

泣いているテッちゃんをおんぶすると、オヤッサンは町をぐるっとしてくる。

「大変だねえ」

つなぎを着たままのオヤッサンを見て、町の人は言うけれど、テッちゃんはごきげんだ。オヤッサンの背中《せなか》ではしゃいでいる。

また、テッちゃんを店に置いては仕事はできない。何にでもさわりたがるからだ。

テッちゃんをおんぶして、町をぐるっとしてくるよりほかなかった。

「置いていきなよ。一人でも二人でも同じだからさあ」

声をかけてくれたのが、八重《やえ》バアだった。

オヤッサンには、八重《やえ》バアが神様に思えた。

とはいっても、いつまでも甘《あま》えているわけにはいかない。

「よっしゃ、まかしとき」

すみれさんのお母さん、菊《きく》バアの出番だ。浅草《あさくさ》から菊《きく》バアがやってきた。テッちゃんもあと一年すれば三歳《さい》だ。三歳《さい》になれば保育園《ほいくえん》に入れる。あと一年、「まかしとき」になったわけだ。

二人は朝から公園に出かけた。雨の日には図書館か公民館の児童コーナー。でも、やっぱり友だちと遊びたい。

「タクちゃんちがいい」と言ってぐずる。

迷惑《めいわく》だからと菊《きく》バアは思うのだけれど、「タクちゃんちがいい」とべそをかく。

「あーら、一人っ子のタクは大喜《おおよろこ》びよ」

八重《やえ》バアは、いやな顔一つしない。

店が忙《いそが》しいとき、二人で遊んでいてくれるので、かえって助かると言ってくれるのだ。

とうとうテッちゃんは、お弁当《べんとう》持参でやってくるようになった。

午前中はみどり公園だ。タクもいっしょに連れていってもらえるので、うれしくってしかたがない。上野《うえの》公園まで出かけ、噴水《ふんすい》の周りを走ってくることもある。

タクもバッチャの作ってくれたお弁当《べんとう》。ジッチャもバッチャもお弁当《べんとう》で、にぎやかなランチタイムとなる。食べ終わると二人の目がとろんとしてくる。

お昼寝《ひるね》タイム突入《とつにゅう》。やっと大人の時間になる。

洗濯物《せんたくもの》を取りこむ三時半になると、菊《きく》バアが迎《むか》えにきて、テッちゃんは帰っていった。

「このごろタクって、たくましくなったんじゃない?」とママが言う。

チビだけど元気のタクが、日焼けして声も大きくなったというのだ。

「もうすぐ保育園《ほいくえん》だもんね」バッチャがうれしそうに言った。

それぞれがそれぞれにがんばって、待ちに待った保育園《ほいくえん》の入園式。

すみれさんは健ニイがいるし、オヤッサンも店が休めない。パパもママも会社を休めないし、菊《きく》バアとジッチャとバッチャが、つきそってくれることになる。

店のガラス戸に、「入園式のため、十二時まで休業します」の貼《は》り紙《がみ》。

ジッチャのネクタイ姿《すがた》って、カッコイイ。菊《きく》バアとバッチャの着物姿《すがた》もだ。三人がおしゃれをして出席してくれるのがうれしくて、二人ではねまわっている。

一時間で式は終わった。ガラス戸の貼《は》り紙《がみ》をはがしていると、

「保育園《ほいくえん》なんですってね」

と、通りがかりの人が声をかけてくれる。

ジッチャは、とろけそうな笑顔《えがお》になりながら言う。

「保育園《ほいくえん》の先生って、えらいよねえ。一人だって大変なのに、十人だもんね」

ヒヨコ組だけで十人。パンダ組にキリン組、合わせたらすごいことになる。

朝の八時、テッちゃんと菊《きく》バアがやってくる。

おそろいの、黄色い帽子《ぼうし》に黄色いリュック。二人はしっかり手をつないで歩く。

「ほんもののヒヨコみたい」

菊《きく》バアとバッチャは、二人のあとから歩いていく。ふじみ保育園《ほいくえん》が始まったのだ。

健ニイが元気になってきた。すみれさんがつきっきりでなくても、よくなった。

先生から水泳教室をすすめられる。水泳はぜんそく治療《ちりょう》の一つで、駅前のジムにある。健ニイによいとなれば何でもいい。すがる思いで、診断書《しんだんしょ》をもらっていく。土曜日の午後からのコースになった。呼吸法《こきゅうほう》が始まると、いちばん元気なのが健ニイ。動きたいのにセーブさせられていた反動なのか、生き生きと練習にはげむ。

半年がすぎた。先生は聴診器《ちょうしんき》を当てながら、呼吸《こきゅう》が楽になってきているという。

今度は、千葉の九十九里《くじゅうくり》に行ってみてはどうかと、すすめてくれた。病院ではなくぜんそくの子ばかりの民宿で、医者も看護師《かんごし》も泊《と》まってくれるし、普通《ふつう》の家なので、子どもたちはリラックスして過《す》ごせるらしい。

初めての海を、健ニイはこわがっていたが、すぐに慣《な》れて遊び始めた。これなら大丈夫《だいじょうぶ》。健ニイとすみれさんを残し、オヤッサンはテッちゃんと帰ることにした。

二週間後、健ニイはすっかり日焼けして元気になっていた。友だちもでき、声も大きくなって楽しそうだ。

「あと三週間、がんばろうな」とオヤッサンが言うと、

「わかってるって」と、明るく言った。


健ニイとすみれさんを迎《むか》えにいって、三日目の朝のことだった。

ゆっくりと朝食をとった菊《きく》バアが、

「みんなで食べるって、おいしいねえ。はい、ごちそうさん」

と言ったとたん、ことんとテーブルにつっぷした。

「あれっ？」と、みんながふり向いた。

でも、菊《きく》バアはそれっきり、目を覚ますことはなかった。

脳卒中《のうそっちゅう》だった。

あまりにも突然《とつぜん》のことだった。

菊《きく》バアがいない、菊《きく》バアがいないと、テッちゃんが家中をさがし回るのだが、菊《きく》バアは、もうどこにもいなくなってしまったのだ。

保育園《ほいくえん》に行こうと、タクとバッチャが迎《むか》えにいくと、「菊《きく》バアは？」と必ず聞く。

五時になって、バッチャが保育園《ほいくえん》に迎《むか》えにいくと、「菊《きく》バアは？」と必ず聞く。

「テッちゃん。わたしを菊《きく》バアだと思って、甘《あま》えておくれ」

バッチャは、テッちゃんを抱《だ》きしめながら、いつも言うのだ。


おでこの傷《きず》を消毒《しょうどく》してもらい、ホットミルクを飲んだら、やっと二人の涙《なみだ》は引っこんだ。

町会長さんが、ジッチャとオヤッサンに用があるとかで、やってきた。

「どうしたんだい、そのおでこ」

二人が顔を見合わせていると、

「いいってことよ。男のクンショウだもんな」と笑った。そして、言ったのだ。

「今年は出るんだよな」と。タクは、町内マラソンのことだとすぐにわかった。

あれっと思った。バッチャが無理無理って、言わなかったからだ。

「申しこみの締《し》め切《き》りは、二十三日だからな」

ジッチャたちが行ってしまうと、バッチャがパンフレットを持ってきた。

「あーら、大変。先着百名までだって。まだ間に合うかしらねえ」

二人はびっくりした。去年までは無理無理だったのに、

「はい、参加費《さんかひ》の五〇〇〇円」

なんて、二人に五〇〇〇円を渡《わた》すからだ。

「オモイタッタガキチジツ」と、家を追い出される。

「オモイタッタガキチジツって、どういう意味？」

「おまじないかな」

申しこみ先の地区センターに向かっていると、ジッチャたちに出会った。

「オモイタッタガキチジツって、どういう意味？」

と聞くと、会長さんがにやにやしながら言った。

「も一つ、おまじないを教えてやる。ショシカンテツってやつ」

気がついたら、二人は走っていた。

「ぼくたちってさ、いつもマラソンしてるようなもんだよな」

「あのさあ、どうして今まで走らなかったの？　スポーツマンのテッちゃんなのに」

「きまってるじゃん。タクちゃんといっしょに走りたかったからさあ」

時計屋さんの時計を見て驚《おどろ》いた。みんな十二時だ。

とたんに、おなかがぐうと鳴った。

行くぜ。全力疾走《しっそう》だあ。

第八話　恋《こい》の季節

1

タクも今日から五年生だ。

五年一組の教室をとび出すと、全力疾走《しっそう》で家に帰った。

「クサレエンじゃあ、クサレエン」

ときどきテッちゃんと顔を見合わせては、にやっとする。

「クサレエンって、また同じクラス?」バッチャが言った。

「そう、先生も同じ」

クラス替《が》えはなかった。三クラスある四年生が、そのまま五年生になったわけだ。

保育園《ほいくえん》の年少組から五年生まで、ずっとテッちゃんと同じクラスなんだから、まさしくクサレエンだ。

「それって、マンネリのことじゃん。五年生になった気がしないんじゃない？」

「いやいやどっこい、すっごい刺激《しげき》があったんでござんす」

「さては、転校生？」

「あったりー」

「さては、かわいい女の子？」

バッチャの勘《かん》はするどい。二人はでれっとする。

河井《かわい》るりさんは、まさにカワイルリさん。

よろしくお願いしますと頭を下げた姿《すがた》も、その声も、まさにカワイルリさんだ。

クラス中が、ざわっとした。


この地区に六年生はいない。グループ登校の班長《はんちょう》は、五年生のテッちゃんとタク。

テッちゃんが先頭で、一年二年三年四年の九人が並《なら》んでいく。しんがりがタク。

郵便局《ゆうびんきょく》の前に集合して、信号のある交差点を二か所渡《わた》らなければならない。町会の人が二人ずつ交替《こうたい》で旗をふってくれるけど、車も自転車も多いので、班長《はんちょう》としては気が抜《ぬ》けない。

「ぺちゃくちゃ、くっちゃべって歩かない。しっかり、前の人についていく。横に広がらない。いいな」

テッちゃんとタクは、毎朝同じことを言う。

「はーい、センパイ、わっかりましたあ」

黄色いランドセルカバーが、いっせいに答える。センパイと聞くとくすぐったくなって、二人でにやっとする。

五年生になったとたん、クラスでは「ボク」でなく「オレ」になった。

「オレがよう」なんて言うと、なんだか大人になった気がしてくるからだ。

大人になったといえば、タクの背《せ》がぐんと伸《の》びた。チビだけれど元気なタクちゃんの、「チビだけれど」の前置きがなくなった。

背《せ》だって、テッちゃんと二センチくらいしかちがわない。なんだかオレって言うたびに、背《せ》が伸《の》びるような気がしてくる。

用心していたのだけれど、つい「オレがさあ」って家で言ってしまった。

バッチャの目が、きろっと光った。

「なによ、偉《えら》そうにオレって。ハラヘッタハラヘッタって、あれだけ食べてりゃ背《せ》が伸《の》びるの、あったりまえでしょ。だいたいジッチャもバッチャもパパもママも、背《せ》が高い。ここんちは、背《せ》が高くなる遺伝子《いでんし》がじゅうぶんにあるの。タクが努力して背《せ》が伸《の》びたわけじゃないでしょ。オレだなんて十年早いのよ、十年！」

グウの音《ね》も出ないって、このことか。

ジッチャがビールのケースを運びながら、うふふと笑った。

「オレ」を連発しているテッちゃんも、うふふと笑う。

「あのー、配達お願いできますか」

おお、お客さんだ。救《すく》いの神だ。

「三丁目のバス停《てい》のそばのマンションに越《こ》してきたのですが」

「ひょっとして、カワイさんでしょうか。カワイルリさんっていう、お嬢《じょう》さんち？」

女のお客さんのあとから、ぬっと女の子が顔を出す。

「あーら、吉田屋《よしだや》さんて、吉田《よしだ》くんち？」

カワイルリさんの声だ。タクの目が点になった。

「村上《むらかみ》くんちって、この近くなの？」

テッちゃんの目が白黒する番だ。

「すぐそこ。オートバイ屋」

「オートバイ屋さんて見たことない。見せて見せて」

ルリさんて、かなり積極的な子らしい。タクやテッちゃんの名前も、もう覚えているくらいだから、頭は悪くなさそうだ。

「うわあ、村上《むらかみ》くんのお父さんてすてき。つなぎを着た男の人にあこがれてたんだ。機械油のこのにおいも、いいなあ」

オヤッサンもテッちゃんも、口あんぐりでルリさんを見つめている。

「お仕事のお邪魔《じゃま》しちゃって、ごめんなさい。失礼しました」

ルリさんはぺこりとお辞儀《じぎ》をすると、風のように出ていった。

「なんだあ、あれ」

「転校生」

これ以上ここにいたら、どやされるにきまっている。

急いで家にもどってみると、二人はもう八百屋さんに出かけていなかった。

「女の子って、疲《つか》れるよな」

「まあな」

タクもテッちゃんも、がまんしきれず笑った。

こんなに笑ったの、久《ひさ》しぶりだ。

「やだよう、この子たちったら」

バッチャもジッチャも、おなかをかかえて笑っている。

バッチャが夕食の支度《したく》を始めた。

テッちゃんは帰っちゃったし、ヘルマンと遊ぶことにした。

水槽《すいそう》の中の小屋によじ登るのを覚えたらしい。

よいしょよいしょとよじ登っては、ドヤ顔であたりを見まわす。

が、よろっとして、どてんとすべり落ちる。

体重がふえたから、はんぱじゃない音がする。

ペットボトルより重くなったのだから、あたりまえといえばあたりまえなのだが、あいつには何が起きているのかがわからない。きょとんとした顔でタクを見る。

ファイトファイトでよじのぼり、どでんをくり返しているうちに、あきてきて、必ず水槽《すいそう》のガラスの壁《かべ》に両手をついて背伸《せの》びする。

外に出してほしい合図なのだ。廊下《ろうか》に出せば、チップボールを追いかける。

暖《あたた》かくなったせいか、力がみなぎっているように見えた。

2

タクが宿題をやっていると、つんつんとだれかがかかかとをノックする。

ヘルマンだった。

鼻先でノックしている。こんなの初めてだ。すっごくうれしかった。

「待ってろよ。すぐに終わるからな」

算数のプリントを裏返《うらがえ》したときだった。クイーンクイーンと声がした。

まさか、ヘルマンだとは思わなかった。イヌネコ先生から、ヘルマンには声帯がないことを教わっていたからだ。

けれど、あれは、たしかにヘルマンの声だ。

鼻の奥《おく》のほうから出ていたあの声は、子犬が甘《あま》えているような声だった。

「やだねえ、タクったら。変な声出したりして」

バッチャが部屋をのぞきにきた。

「ぼくじゃないよ。ヘルマンだよ」

「うっそー。この子のはずないじゃない」

クイーンクイーンと、ヘルマンがバッチャにすり寄《よ》る。

「あんたって、人ぎらいじゃなかったの？」

甲羅《こうら》をなでればヒャッヒャッとおどかすし、切っても切っても餌《えさ》の菜っ葉は食べないしと、ヘルマンにふりまわされてきたバッチャは、目を丸くした。

バッチャが台所に行ってしまうと、またタクにクイーンクイーンとすり寄《よ》ってくる。靴下《くつした》をはいたタクの足を両手で抱《かか》えると、かふっと、やさしくかじった。やさしいとはいっても、鳥のくちばしのような硬《かた》いくちびるでやるのだから、かなり痛《いた》い。

バッチャが小さなタオルを丸めて、ヘルマンの目の前に置いた。しばらくタオルのにおいをかいでいたが、タクのほうがいいらしく、また、かふっかふっとかじる。靴下《くつした》を脱《ぬ》いでタオルににおいをすりこませる。するとヘルマンは、しっかりとタオルを抱《だ》きしめ、クイーンクイーンと鳴く。

「なんだ、なんだ」

ジッチャがのぞきにきた。

「恋《こい》の季節なんじゃないか。女の子を呼《よ》んでいるんだよ」

カワイルリさんがタクの頭をよぎった。

カワイルリさんが、よろしくお願いしますと言ったとき、クラス中がざわっとしたっけ。あんなふうに、ざわっとした思いを、ヘルマンは味わいたくなったのか。

「人ぎらいのヘルマンがねえ」

タクは不思議に思った。

ヘルマンは自分がどんな姿《すがた》をしているのか、知っているのだろうか。

ぎょろっとした目玉のついた、のぺっとした顔や背中《せなか》のぶ厚《あつ》い甲羅《こうら》、しっかりとした爪《つめ》のついた、がっしりとしたワニのような手足——、そんな自分の姿《すがた》を知ったら、ぎょっとするんじゃないか。自分と同じ姿《すがた》をした女の子に出会ったら、「かわいい」なんて思えるんだろうか。

タクだって、鏡を通してしか自分を知らない。だれだって、自分の姿《すがた》なんてわからない。でも、親や友だちの姿《すがた》を見れば、「人間」の一人なんだと推測《すいそく》できる。

けれどヘルマンは、女の子のカメどころか、ほかの陸ガメに会ったこともない。クイーンクイーンと探《さが》している恋人《こいびと》が、自分と同じ姿《すがた》をしているなんてわかりっこない。

自分がカメだなんて、思っていないかもしれない。タクたちと同じ「人間」の仲間だと、思っているかもしれない。

「いや、本能的《ほんのうてき》にわかるんじゃないか」

「でもさあ、こんな水槽《すいそう》に入っていたら、一生、仲間に会えないんじゃないの。そんなの残酷《ざんこく》だよ。かわいそうだよ」

「じゃあ、陸ガメたちの住むところにもどしてやるかあ」

ふだんは土の中や枯《か》れ葉《は》の下で、じっと身を隠《かく》しているおくびょうなヘルマンが、恋《こい》の季節になったとたん、無防備《むぼうび》にクイーンクイーンと鳴きながら、森の中をさまようのか。

どじなあいつは、絶対《ぜったい》、すぐに外敵《がいてき》にやられちゃうんじゃないかな。

運よく女の子に会えたとしても、あんなにわがままなあいつが、気に入られるかどうかあやしい。

失恋《しつれん》したあいつは、またクイーンクイーンと森の中をさまよう。

やっと同類に会えたと思ったら男の子。根性《こんじょう》なしのあいつ、絶対《ぜったい》、その男の子にやられちゃうにちがいないんだ。

しつこく追いかけてって、逆《ぎゃく》にひっくり返されて、一巻《いっかん》の終わり。

じたばたしたって、だれも起こしてくれないんだ。


ヘルマンの鳴く声を聞いていたら、なんだかせつなくなってきた。

生きていくって、大変なことなんだなと思うと、胸《むね》がきゅーんとしてきた。

命のないタオルと格闘《かくとう》しているヘルマンを見ているうちに、悲しくなってきた。

「痛《いた》くたっていいや」

自分の足でいいんなら、ほら、いくらでもかじってーと、タオルを取り上げた。

「こんなこと、一生続くの」

「いんやあ。ヘルマンの恋《こい》の季節ってやつは、一週間ってとこかな」

「たったそれだけ?」

たったそれだけで、またあの自己《じこ》チューのヘルマンにもどれるのか。

「ねえ、人間の恋《こい》の季節は?」

「それはそのー、生まれてから死ぬまでってとこかな」

ジッチャはときどき、禅問答《ぜんもんどう》みたいなことを言って、タクを煙《けむ》に巻《ま》く。

それにしても、あいつがこんなふうに、強くタクの足にハグしてくれるなんて、今しかないのかもしれない。

せめてこの一週間、しっかりあいつの恋《こい》の相手をしてやらなくっちゃ。

テッちゃんはきっと言うだろうな。

「男って、さびしいもんよ」って。そして、

「タクちゃんて、ガキだからわかんないよな」って。

あんなせつない声で、恋人《こいびと》を呼《よ》んでいるのがわかんないやつなんて、いないよー。

第九話　家族

1

水槽《すいそう》が、いやに静かになるときがある。
昼寝《ひるね》でもしているのかなと思っていると、ヘルマンはじっと外のほうを見ている。
見ているっていうより、もの思いにふけっているように見えた。
さびしそうに見える顔が、だれかに似《に》ているなと思った瞬間《しゅんかん》、どきっとした。
テッちゃんだった。
まさかと思うのだけれど、やっぱりテッちゃんだった。
明るくってムードメーカーで、やさしくて親分肌《はだ》で、みんなの力になってくれるテッちゃんが、陸ガメのヘルマンに似《に》ているはずはないのに。

でも、テッちゃんは、ふと、こんなさびしそうな顔をすることがあった。

それとなくバッチャに聞いてみた。テッちゃんがヘルマンに似《に》ているかどうかは別として、あの子はそんな顔をすることがあるという。

「たった二歳《さい》だよ。親に甘えたいさかりに、ダメって言われちゃうんだもん。菊《きく》バアが来てくれたって、菊《きく》バアは、三歳《さい》のときに死んでしまったしねえ。悲しいし、さびしいし、つらかったろうよ。ぜんそくの健ニイのためとはいえ、二歳《さい》から、がまん、がまん、だもんねえ。

元気な子だもの、思いっきり走ったり、騒《さわ》いだりしたかっただろうに。じっと、自分をおさえていたんだと思うよ。だから、マラソン大会のときの走りっぷり、ほれぼれするほどだったもん」

「無理無理って走らせてくれなかったのに、なんであのとき許《ゆる》してくれたの？　ずっと気になっていたの」

「テッちゃんたら、健ニイに遠慮《えんりょ》して、ずっと大会に出てなかったじゃない。タクだけに走らせるわけにはいかないでしょう。ごめんね。タクにも、四年間も、がまんさせちゃって。

でも、健ニイも六年生。一年生から一度も走ってないんだもの、本人もだけど、オヤッサンもすみれさんも、なんとか走らせてやろうと、がんばったんだって。

オヤッサンが伴走《ばんそう》してでも、なんとか走らせたいと申しこみに行ったら、町会長から、伴走《ばんそう》が必要な人はダメって言われてね。スギモト先生に相談に行ったのね。伴走《ばんそう》なんかいらないと先生から背中《せなか》を押《お》されて、参加することができたんだって。

体育の時間は見学することが多かったのに、五、六年生百人中で四十二位だもん、すごいよね。

テッちゃんの一位に比べたら、そりゃあ、四十二位。それでも、完走できればいいと思っていたのだから、うれしい成績《せいせき》。健ニイにとって、それは自信になっていったのね。苦しくても走り通すことのできた自信は、引っこみ思案になりがちだった自分の、生き方にもつながっていった。なんにでも、積極的に取り組めるようになったの。

それでも、ふとさびしそうな顔をすることが、あるんだって。そのたびにすみれさんは、もしかして……と思うんだって。

お水を飲むように、ご飯を食べるように、なんで息を吸《す》うことができないんだろうと、四歳《さい》のときから苦しんできたなんてねえ。つらかったたろうねえ」

「すみれさんって、テッちゃんのお母さんとは思えない、静かな人だよね」

「苦しんでいるわが子を看病《かんびょう》するって、つらかったろうね。自分が代わってやりたいと、何度も思っただろうね。そばで泣いている、二歳《さい》のわが子も何度抱《だ》きしめたいと思ったこととか。乗《の》り越《こ》えたとはいっても、どこかさびしそうだもん。

オヤッサンもすみれさんも、バイクが好きでね。よくツーリングに行ってたよ。おそろいの紫《むらさき》のヘルメットに、おそろいのスカジャン。かっこよかったよ。

ベビーカーを押《お》しながら、子どもが大きくなったら、いっしょにツーリングするのが夢《ゆめ》なのって、よく言ってたわ」

「ねえねえ、みんなさびしいとこ、あるのかな。ジッチャも、バッチャも、パパも、ママも？」

「ジッチャは、長男だから吉田屋酒店《よしだや》のあとを継《つ》ぐって、決まってるような時代だったからね。もしかしたら、他の仕事につきたかったかもね。聞いてごらん。タクの知らない、ジッチャの世界が見えるかもね。

パパも長男だけど、自由に生きろってジッチャに言われ、ワインの輸入《ゆにゅう》会社でがんばってる。でもね、日本でもおいしいワインが造《つく》られるようになったし、海外で日本酒がブームなの。会社は輸入《ゆにゅう》だけでなく、ワインや日本酒の輸出《ゆしゅつ》にも力を入れているので、大忙《おおいそが》し。でもね、家族のみんなが元気でないと、がんばれないのよ。

ママは、マイペース。女の人がマイペースで生きられる時代、ステキだよね」

「バッチャは?」

「バッチャは、今が一番!　タクがいるもん。ヘルマンがいるもん」

2

「タクちゃんいる?」

テッちゃんが店に飛びこんできた。

「オヤッサンと野辺山駅《のべやま》に行ったことあるじゃん。鉄道の駅でさあ、標高の一番高い駅。一三四五メートルもあるとこ。スタンプ押《お》したり、記念碑《きねんひ》の前で写真撮《と》ったり、コーフンして帰ってきたとこ」

「覚えてるよ。写真見せてくれたもの」

「ところがアマミヤくんがさ、宇宙観測所《うちゅうかんそくじょ》にも寄《よ》ったのって言うのさ。天文学の聖《せい》地《ち》なんだって。直径四五メートルの電波望遠鏡があるんだって」

「スッゴイ。四五メートルなんて、スッゴすぎ」

「ブラックホールって、聞いたことある？」

「なによ、そのブラックホールって」

「天の川の写真って、学校で見たことあるじゃん。オヤッサンに聞いたことあるんだけど、あの帯みたいな銀河系《ぎんがけい》の星のかたまりの真ん中に、巨大《きょだい》な穴《あな》があいてんだって。

それが、ブラックホール。

ブラックホールの存在《そんざい》はね、計算上は認《みと》められているんだけど。証明《しょうめい》されていなかったんだって。ところが野辺山《のべやま》のその望遠鏡がね、世界で初めて証明《しょうめい》したんだって」

「スッゲエ。世界で初めてだなんて」

するとテッちゃんは前のめりになって言った。

「ここからが、もっとスッゲエんだ。そのブラックホールをのぞくとね、宇宙《うちゅう》の果てが見えるんだって」

「うっそー。宇宙《うちゅう》って、果てしなく広がってるんじゃないの？」

「計算上、果てがあることはわかってるんだって。でもまだ、証明《しょうめい》されてないんだ」


頭の中がぐちゃぐちゃしてきた。

夜、空を見るなんて、七夕《たなばた》とか花火のときくらいだし。

地球に果てがあるのはわかる気がする。

どんどんどんどん歩いていけば、いつかはここにもどってくるってことだもんな。

でも、宇宙《うちゅう》に果てがあるなんてなあ。どんな壁《かべ》が立っているんだろう。

それにしても、世の中にはいろんな研究をしている人がいるんだなあ。でもさあ、宇宙《うちゅう》に果てがあるって証明《しょうめい》されたとしても、それがどう人間にかかわってくるんだろう。

　それとも人間って、真実を知りたい、追求したいという思いがあるのかなあ。

「ねえ、テッちゃん。そこへ連れてってよ。望遠鏡をのぞかせてもらえるわけじゃないけど、天文学の聖地《せいち》っていわれてるとこ、見てみたい。

　ねえ、来年の夏休みの宿題って、これにしない？　アマミヤくんも誘《さそ》ってさ。朝顔の観察とか、実のなる野菜の成長記録とか、先生に出されたテーマじゃなくってさ。自分たちで調べたいことにチャレンジするなんて、カッコよくない？

　一年生のときなんか、カブトムシの好きな虫ゼリーはどれか、だったもんな。モモ味とかスイカ味、メロン風味とかあってさ。スッゲエ甘《あま》いにおいがしてさあ。かわいかったな、おれたち」

　二人でけらけら笑った。

「お土産《みやげ》に、レタス買ってきてちょうだい」

　やだあ、バッチャャったら。天文台でレタスだなんて。

「やだねえ、知らないの。あそこらへんって、高原野菜で有名なとこなんだよ。寒冷地だから、開墾《かいこん》するのって大変だったんだって。でもね、夏でも夜はぐんと冷えるだろう。だから、やわらかなおいしいのがとれるんだよ。

標高の高いところに、なんでわざわざ鉄道を通したのか考えたことある？　まさか、鉄道マニアのためなんて、思ってないよね？

どんな人が、なんで寒冷地でつらい開墾《かいこん》をしなくちゃならなかったのか。寒冷地なのになんで野菜を作ろうとしたのか、考えることいっぱいあるはず。人が住まなくっちゃ道はできないし、鉄道だって敷《し》かないでしょう？　どんな人がそこに住んでいるのか、しっかり見てこなくっちゃ。でも、レタスっていったら、ヘルマンだよね。喜《よろこ》ぶよ」

でもなあ、野辺山《のべやま》にレタス買いにいくなんてなあ。なんだか、おっかしい。涙《なみだ》が出るほど笑った。

「手、洗《あら》っといで」

ゆでたての枝豆《えだまめ》のザルが、ほいっと二人の前に置かれた。

さやがだいぶ黒くなってきている。

この夏最後の枝豆《えだまめ》かも。

「二人とも、ゆっくり食べなさいってば」

そんなこと言われてもなあ。

おいしいんだもん。

3

二人で超特急《ちょうとっきゅう》で帰ってきたのに、町にはもう灯りがともり始めていた。

サッカーの練習試合が長引いて、すっかり遅《おそ》くなってしまったのだ。

店の前に、見覚えのある赤い自転車が止まっていた。やっぱりイヌネコ先生だった。

「顔を見せないから、様子を見に寄《よ》ったの」

顔っていうのは、もちろんヘルマンの顔のことだ。

「だいぶ大きくなったし、甲羅《こうら》の色つやもいいし、よしよし」

ヘルマンは疑《うたが》わしい目つきで、先生を見ている。

八五グラムしかないときから、肺炎《はいえん》だ、便秘《べんぴ》だ、爪《つめ》が伸《の》びたといっては、お世話になってきているのだから、忘《わす》れてはいないはずだ。

「おもしろい本読んだよ。タコって、海の賢者《けんじゃ》といわれてるんだって」

「賢者《けんじゃ》？」

「大きな頭と立派《りっぱ》な目と八本の腕《うで》を持ってるのは知られているけど、高い学習能力《のうりょく》を持ってることがわかってきたんだって」

「ガクシュウって、勉強っていうこと？」

「鏡を見たとき、そこに映《うつ》ってるのが自分だとわかる能力《のうりょく》もあるんだって。ヒト以外では、チンパンジーやオランウータンも、その能力《のうりょく》があるんだ。そうそう、ゾウとかイルカとかもね。タコって世界に、二五〇種類もいるんだよ」

「二五〇もー？　タコって、駅弁《えきべん》の明石《あかし》ダコ、オヤッサンの好きな肴《さかな》のイイダコ、シャブシャブの水ダコ、お正月の真ダコ……ぐらいしか知らないけどなあ」

「食べたことのあるタコばっかりだな。タコって、単独《たんどく》で生息していると思われてた

んだけど、沖縄《おきなわ》のフリソデダコなんかは、同じ種類同士《どうし》がぴったりくっついて生息しているのもいるってわかったんだ。そうしたタコは、鏡を見せたら自分だってわかるし、社会《しゃかい》性《せい》もあるらしい」
「先生、ヘルマンに鏡見せたらどうなるかな」
テッちゃんが言った。

気がついたらタクは、テッちゃんに飛びかかっていた。

「やめてよ、ヘルマンがかわいそうじゃんか」

バッチャはびっくりして、タクをテッちゃんから引き離《はな》した。

それでもタクは、腕《うで》をふりまわしている。

「あいつの頭がいいわけないじゃないか。あんなに小さい頭なんだよ。甲羅《こうら》は厚《あつ》く、かたくなってきたし、手も足もがっしりしてきたけれど、頭はちっこいままなんだもん。脳《のう》みそがつまっているなんて、とても思えないよ。鏡に映《うつ》ったって自分だなんて、ゼッタイわかりっこないよ。だけどさ……」

言ったとたん、涙《なみだ》がほとばしった。

「かわいそうじゃん。自分だってわかったらさ。自分がわかるって、自分以外にも同じカメがいるって、わかることじゃん。でもさ、どう考えたって、あいつが自分以外のカメに会えるはずないもん。あんな水槽《すいそう》で、一日中、暮《く》らしているんだよ。いつ会えるのさ。

花屋さんのイヌのうららだって、ネコが通ればカタキが来たみたいにほえまくる。でもさあ、イヌが通れば、シベリアンハスキーだろうとブルドッグだろうとチワワだろうと、尻尾《しっぽ》をふってクイーンクイーンて鳴くもん。仲間と遊びたいんだよ、ゼッタイ。でもさ、ヘルマンってかわいそうじゃん。ゼッタイ仲間になんか会えないんだもん」

わあっと、泣きながらテッちゃんはタクにしがみついた。

「ごめんね、ごめんね、タクちゃん、ごめんね。ヘルマンを試すとか、おちょくるとか、そんな気持ちで言ったんじゃないよ。悪気なく、純粋《じゅんすい》に、ヘルマンがどう反応《はんのう》するか、知りたかっただけだよ。ほんとうだよ、タクちゃん」

「やだねえ、二人とも。五年生にもなって、保育園《ほいくえん》の子みたいに泣いたりして。さあさ、顔洗《あら》っといで。ヘルマンのお風呂《ふろ》の時間だよ」

ヘルマンを抱《だ》き二人が洗面所《せんめんじょ》に行ってしまうと、バッチャは先生にふかぶかと頭を下げた。

「ご迷惑《めいわく》をおかけしました。ヘルマンのこととなると、あの子はいつもああなっちゃうんです」

「タクちゃんにとって、ヘルマンはもう、ペットなんかじゃないんですね。立派《りっぱ》な家族なんですよ。守ってあげなきゃならない家族がいるって、やさしくなれるし、あんなにも強くなれるんですねえ」

家族って聞いたとたん、バッチャはふあーんと、心が温かくなった気がした。

洗面所《せんめんじょ》で、二人のはじけるような声がした。

「三人でそこいらじゅう、水びたしにしちゃうんです」

「三人ですかあ」

先生は、ふふふと笑った。ヘルマンを家族と思っているのは、タクちゃんだけではなさそうだと思いながら。


「いつものビール、届《とど》けてください」

先生は、そう言いながら立ち上がった。

テッちゃんも帰るっていうので、タクは見送りに出た。

「往診《おうしん》の帰りだったんですか」

と聞くと、先生は自転車のカギをはずしながら言った。

「源《げん》さんとこの、ワニの具合を見にいったんだ」

「あっ、そのワニ、うちにも少しだけいたことがあります。肺炎《はいえん》になりかかっちゃったんですけど、今度もですか」

「いやいや、体はいたって元気。でもねえ、あの子の心がちょっとね」

「えっ、ワニの心？」

「あんなに丈夫《じょうぶ》な歯を持ってるし、どんな敵《てき》もやっつけちゃう尻尾《しっぽ》もあるのにね。すっごくさびしがりやで、おくびょうなんだ」

「うっそー。ぬぬぬって近寄《ちかよ》ってきてね、目が合ったとたん、ピシリッて、水槽《すいそう》の水をたたくんです」

「おどしだと思ったんでしょう？　でも、あれって、うれしいよう、いっしょに遊ぼうようの合図なんだよ」

「ええっ、そうなの。てっきりいかくしてるんだと思ってた。目を合わさないように、そっと歩いたりしてたんだけど」

「たしか、赤ちゃんが生まれたので、いつもの水槽《すいそう》からダンボール箱に入れ替《か》えられて、その晩《ばん》ベランダで過《す》ごしたら、おかしくなっちゃったんだよね」

「びっくりしたジッチャが、あいつをバスタオルにくるんで、先生のとこに走っていったんです」

「それそれ。バスタオルにくるんでもらい、ジッチャにしっかり抱《だ》いてもらえただけで、あの子の病気、治っちゃったんだ」

「でも先生。あのとき注射《ちゅうしゃ》したでしょう?」

「ああ、あれ。あれはね、ジッチャのためだったんだ。心配で心配で、ジッチャの心《しん》臓《ぞう》のほうが、ばくばくだったからさ」

ワニに注射《ちゅうしゃ》しといたから、もう大丈夫《だいじょうぶ》って言ったら、ジッチャのばくばく、やっと治ったんだって。

源《げん》さんちの親戚《しんせき》にお葬式《そうしき》があって、二日間留守《るす》にしたら、ワニのやつ、さびしくてさびしくて、うつの状態《じょうたい》になってしまったらしい。

先生が話しかけたり、おなかをさすったり、背中《せなか》をなでたりしているうちに、元気を取りもどしていったんだそうだ。

赤い自転車を見送りながら、テッちゃんが言った。

「イヌネコ病院の先生って、やっぱり動物のことよく知ってるよな」

うんうんとうなずきながら、タクは思った。

動物が好きじゃなくっちゃ、ああはなれないよな。好きっていうより、愛情《あいじょう》をそそぐってことかもしれないなーと。

次の日だった。

あんなに約束したのに、テッちゃんはいつまでたっても、公園にやってこない。

一人ドリブルにもリフティングにもあきてしまったので、帰ることにした。

追いかけるように、テッちゃんがやってきた。

「ごめんごめん。留守番《るすばん》、頼《たの》まれちゃってさ」

急に修理《しゅうり》することになったバイクの部品が足りなくて、オヤッサンが秋葉原《あきはばら》まで出かけていたそうだ。

秋葉原《あきはばら》には、ラジオとかオーディオとかバイクとかの、どんな小さなネジや部品もそろえたヒミツの宝箱《たからばこ》のような店があって、そこのオーナーに頼《たの》むと、たちどころに手品師《てじなし》のように、探《さが》し出してくれるのだそうだ。

ジッチャがレジ袋《ぶくろ》をさげて帰ってきた。

郵便局《ゆうびんきょく》の近くの、化粧品店《けしょうひんてん》があぶないといううわさは聞いていた。化粧品《けしょうひん》が通《つう》販《はん》で買える時代になったからだとか。うわさどおり化粧品店《けしょうひんてん》は閉店《へいてん》してしまったが、次に入る人がやっと決まったそうだ。

「二人にとって、うれしいニュースだぞ。なんとなんと、タコ焼き屋さんでござんすよ」

店中にソースのにおいがしている。レジ袋《ぶくろ》に五人分も入っていたからだ。

「お願いがあるんだけど。イヌネコ先生に、一つ届《とど》けてもいい？」

「いいともさ」

「あーら、ヘルマンも連れてってやってよ」

バッチャがドラえもんのあのバッグに、ヘルマンを入れる。

「転ぶんじゃないよ」

「わかってますって」

言いながら二人はもう走り始めていた。

タクは、なんだかほかほかしてきた。

一人でドリブルするよりも、一人でリフティングするよりも、テッちゃんといっしょにするほうがずっといい。

「テッちゃん」

ふり向いたテッちゃんは、

「なんだよ」と言った。

「ありがとうな」

ふり向いたテッちゃんが言った、「てやんでえ。こっちこそな」と。

全力疾走《しっそう》だあ。帰ったら、わが家に、タコ焼きが待っているぞ。

「おいおい、ヘルマンが目まわすぞ」

いいってことよ。ヘルマンだって、喜《よろこ》んでいるよ。

行け、行けぇ。全力疾走《しっそう》だあ。

著者プロフィール

林 マサ子（はやし まさこ）

東京都出身。

【主な作品】

□童話

・「風ってなあに　なんだろう」第11回創作童話わたぼうし文学賞優秀賞（1992年）
・「ギンナン銀次郎」第31回埼玉文芸賞児童文学部門正賞（2000年）
・「幸せを呼ぶペンダント」…日本児童文芸家協会『メルヘン・オムニバス』（パロル舎、2002年）掲載（初出 児童文芸誌『さわらび』）
・「やまんばとランプ」…日本児童文芸家協会『10分で読める　心にひびくお話　低・中学年』（学研プラス、2008年）掲載、日本児童文芸家協会第6回創作コンクール優秀賞（1994年）
・「タクちゃんちのペット騒動」児童文芸誌『青い地球』連載（リーブル出版）

□詩

・「生きねばなんねえ」「ぼくの地球」など…野いちごの会編『わか わか わかわか わからない　詩の本』（らくだ出版、2001年）
・「なみだ」…『ユーモア詩のえほん・かぞくのうた』（岩崎書店、2004年）掲載（初出 詩誌『野いちご』）
・「ノギツネ」「座ぶとん」など…野いちごの会編『詩集　野いちごをさがしに』（省美堂、2004年）掲載

タクちゃんちのペット騒動《そうどう》

2024年4月15日　初版第1刷発行

著　者　林 マサ子
発行者　瓜谷 綱延
発行所　株式会社文芸社
〒160-0022　東京都新宿区新宿1－10－1
電話　03-5369-3060（代表）
03-5369-2299（販売）

印刷所　株式会社フクイン

ISBN978-4-286-25109-7